◎编著

少年飞花令

同字飞花

月山 隐隐 水迢迢

北方文艺出版社

图书在版编目（CIP）数据

青山隐隐水迢迢 / 宋琬如编著 . -- 哈尔滨 : 北方
文艺出版社，2020.10

（少年飞花令）

ISBN 978-7-5317-4840-3

Ⅰ . ①青… Ⅱ . ①宋… Ⅲ . ①古典诗歌 - 诗歌欣赏 -
中国 - 少儿读物②词（文学）- 诗歌欣赏 - 中国 - 古代 - 少
儿读物 Ⅳ . ① I207.2-49

中国版本图书馆 CIP 数据核字（2020）第 143881 号

青山隐隐水迢迢

QINGSHAN YINYIN SHUI TIAOTIAO

编　著 / 宋琬如

出 版 人 / 薛方闻　杨　晶

责任编辑 / 李正刚　　　　　　　　封面设计 / 周　正

出版发行 / 北方文艺出版社　　　　网　址 / www.bfwy.com
邮　编 / 150008　　　　　　　　　经　销 / 新华书店
发行电话 / （0451）86825533　　　地　址 / 哈尔滨市南岗区宣庆小区 1 号楼

印　刷 / 艺堂印刷（天津）有限公司　开　本 / 680×915　1/16
字　数 / 100 千　　　　　　　　　印　张 / 8
版　次 / 2020 年 10 月第 1 版　　　印　次 / 2020 年 10 月第 1 次印刷

书　号 / ISBN 978-7-5317-4840-3　定　价 / 25.60 元

彭 敏

如果要用一个词来形容诗词对孩子的人生所起的作用，我认为是"点亮"。大文豪苏轼说得好："腹有诗书气自华。"读诗词和不读诗词，真的是两种完全不同的童年。美丽动人的诗词，会点亮一个孩子的人生，让他的灵魂像大海一样辽阔且丰盛。那些抑扬顿挫的韵律和百转千回的情思，会给孩子的想象力插上一对巨大的翅膀，让他们能够跨越浩瀚时空，去和李白、杜甫、苏轼这些伟大的灵魂执手言欢，促膝长谈。

《中国诗词大会》的热播，在全中国的孩子们当中掀起了一股读诗词、背诗词的热潮，飞花令游戏也风靡一时。常见的诗词选本都是按照诗人所处年代的时间顺序来编排，"少年飞花令"这套书却独辟蹊径，以飞花令为切入点，选取诗词中经常出现的常见字及组合进行编排，让孩子在阅读经典诗词的同时，还能遍览飞花令的诸多玩法，既提升了诗词储备量，也在无形中练就了飞花令的"绝技"。为了不让持续阅读的过程流于枯燥疲累，书中插入了许多趣味小故事，让诗人的形象变得更加丰富立体，不时还会有趣味诗词游戏，寓教于乐，劳逸结合，这样的阅读体验着实令人心旷神怡。

诗词是中国人的文化原乡，孩子们的精神沃土。愿天下喜爱诗词的孩子，都能从这套书里拥抱诗词的美好，感悟人生的真谛！

（彭敏，第五季《中国诗词大会》总冠军，中国作家协会《诗刊》社编辑部副主任）

　　春城飞花时，秋篱雨落后，携一缕诗香，在流年中漫步，便是人生最美的遇见。读诗，读史；读词，读人。展卷阅诗词，不知不觉，便已将世间风景阅遍。无论辗转多少岁月，诗词的纯净至美都足以令人陶醉感怀。花前对月，泪里梧桐，栏杆斜倚，柳下松风，咏不尽的风物，诉不尽的真情；云涛晓雾，暗香蛙鸣，沧海渺渺中，自见壮怀山水。

　　飞花令，古代文人墨客宴饮时常行的一种助酒雅令。古往今来，有不少流传千古的名章佳句都是在行飞花令时即兴创作而得。俯仰上下，想到那时的盛况，纵然不能目睹，也能想见时人的文采风流、才思机敏。

　　读诗览胜，对词怀古，人生最美的旅行，便是乘诗词之舟，跨越千年，与名人雅士来一场穿越时空的邂逅。为此，我们精心遴选了历代诗词大家的经典之作，以飞花令的形式，为青少年读者量身定制了这套"少年飞花令"。

　　我们徜徉在诗词胜境中，既能看春夏秋冬四时之绚烂、观风霜雨雪各自妙景，又能品梅兰竹菊无双淡雅、阅鱼虫鸟兽自然性灵，不知不觉，便已沉醉其中。诗词千般，卷帙浩繁，不一样的格律、不一样的感喟，述的却是同一段历史、同一种悠情。

　　成人读诗，读的是人生；少年读诗，读的则是趣味，是品格，是志向。万里长天共月明，飞花有时最情浓。飞花令里读诗词，浮沉过往，让少年感知历史，鉴阅人生，以古知今，培一种性情，养一段雅趣。

玩转飞花令

古代飞花令

　　飞花令其实是中国古代一种喝酒时用来罚酒助兴的酒令，"飞花"一词出自唐代诗人韩翃的《寒食》中的"春城无处不飞花"一句。该令属雅令。一般来说，行令时选用的诗句不仅必须含有相对应的行令字，而且对该行令字出现的位置同样有着严格的要求。行令时首选诗和词，也可用曲，但一般不超过七个字。例如：

> 花开堪折直须折（"花"在第一字）
> 落花人独立（"花"在第二字）
> 感时花溅泪（"花"在第三字）

以此类推。可背诵前人名句，也可即兴创作。当作不出、背不出诗或作错、背错时，则由酒令官命其喝酒，算是一个小小的惩罚。

　　当然，飞花令并不局限于"花"字，诸如"月""酒""江"等经常在古诗文中出现的字都可以成为飞花令的行令字。

同字飞花令

　　历经时代变迁，飞花令在岁月流转中，演绎出了不同的玩法，同字飞花令便是其中的一种。它要求行令时一句或相邻的两句诗词中含有两个相同的字，同字出现的位置没有要求。例如：

> 青青子衿
> 客舍青青柳色新
> 尽荠麦青青

以此类推。玩法较古代飞花令更加灵活，可以让孩子和大人一起参与，共同感受流传千古的诗词经典之美。让诗词在历史长河中熠熠生辉，影响一代又一代的中国人。

目录

迢迢

1　迢迢牵牛星　迢迢牵牛星 ★

3　忆君迢迢隔青天　长相思二首（其二）

5　将妾迢迢东路陲　秋胡行

8　碧川迢迢山宛宛　车遥遥

10　迢迢游子心　寄远

12　青山隐隐水迢迢　寄扬州韩绰判官

13　愁红带露空迢迢　惜春词

15　烟水路迢迢　寄益阳武灌明府

17　银汉迢迢暗度　鹊桥仙·纤云弄巧

19　玉漏迢迢尽　南歌子·玉漏迢迢尽

20　城南烟水寄迢迢　病中杂咏十首（其五）

悠悠

22　空水共悠悠　入若耶溪

24　海水梦悠悠　西洲曲

27　闲云潭影日悠悠　滕王阁诗

28　长堤春水绿悠悠　宴词

30　悠悠天宇旷　西江夜行

31　无日不悠悠　太原早秋

33　白云千载空悠悠　黄鹤楼 ★

35　江边行人暮悠悠　荆门行

37　悠悠天地内　重寄

39 远书归梦两悠悠 端居

41 君看今古悠悠 哨遍·春词

43 恨悠悠 江城子·西城杨柳弄春柔

青青

45 绿竹青青 淇奥

47 青青子衿 子衿★

49 青青河畔草 饮马长城窟行

51 青青夹御河 送别

53 客舍青青柳色新 送元二使安西★

54 杨柳青青渡水人 寒食汜上作

56 东风杨柳欲青青 诉衷情·东风杨柳欲青青

57 渡头杨柳青青 清平乐·留人不住

59 青青草，迷路陌 应天长·条风布暖

61 惟有青青草色齐 城南

63 不会得青青如此 长亭怨慢·渐吹尽

65 尽荠麦青青 扬州慢·淮左名都

68 画中诗，诗里画

萧萧

70 风萧萧兮易水寒 渡易水歌

72 车辚辚，马萧萧 兵车行

75 马鸣风萧萧 后出塞五首（其二）

77 风萧萧兮夜漫漫 凉州馆中与诸判官夜集

78 红叶晚萧萧 秋日赴阙题潼关驿楼

80　昨夜萧萧疏雨坠　渔家傲·荷叶田田青照水

82　病起萧萧两鬓华　摊破浣溪沙·病起萧萧两鬓华

83　寒日萧萧上锁窗　鹧鸪天·寒日萧萧上锁窗

85　青山隐隐，败叶萧萧　苏武慢·雁落平沙

87　易水萧萧西风冷　贺新郎·别茂嘉十二弟

89　萧萧梧叶送寒声　夜书所见 ★

90　黄叶萧萧风雨秋　梦归

92　曾惹下萧萧井梧叶　琵琶仙·中秋

94　云之君兮纷纷而来下　梦游天姥吟留别

98　锦城丝管日纷纷　赠花卿

100　纷纷桃李枝　丽春

101　须知胡骑纷纷在　早雁

103　野老纷纷至　寄题滁州醉翁亭

106　枝上自落红纷纷　啼鸟

108　暮雪纷纷投碎米　泗州除夜雪中黄师是送酥酒二首（其一）

109　纷纷外物岂关身　闲居自述

111　何路出纷纷　答余叔良和韵

112　纷纷高论气如虹　夜饮枕流次日以诗记陈迹

114　纷纷赤子在庖炙　苦寒作

116　画中诗，诗里画

118　答案

注：★为小学必背古诗词　　★为初中必背古诗词

迢迢①牵牛星

《古诗十九首》

迢迢牵牛星，皎皎②河汉女③。
纤纤擢④素手，札札⑤弄机杼⑥。
终日不成章⑦，泣涕零⑧如雨。
河汉⑨清且浅，相去复几许⑩。
盈盈⑪一水间，脉脉⑫不得语。

注释

①迢迢：又高又远的样子。②皎皎：明亮的样子。③河汉女：这里指织女星。④擢（zhuó）：伸出。⑤札（zhá）札：织布时织机发出的声音。⑥杼（zhù）：梭子。⑦不成章：指织不出纹样。⑧零：眼泪落下。⑨河汉：指银河。⑩几许：多少，这里指距离远近。⑪盈盈：河水清澈的样子。⑫脉（mò）脉：互相凝视、默默无言的样子。

译文

那牵牛星遥遥可见，织女星明亮皎洁。织女摆动着纤柔的双手，织布机正在札札作响。因为相思，一整天也织不成纹样，她泪如雨下。这银河看起来清清浅浅，两岸相隔又有多远呢？虽只隔了一条银河，他们却只能痴痴凝望，相视无言。

赏析

《迢迢牵牛星》是《古诗十九首》之一，全诗通过描写中国民间传说中牛郎织女的故事来抒发女子的相思之情，写出了夫妻间不能团聚的痛苦。诗中，诗人着力描写了牛郎织女隔水相望的相思之苦以及他们渴望团圆的愿望，感情描写细腻，艺术手法多样。诗一开篇就通过"迢迢牵牛星，皎皎河汉女"两句展现了一个咫尺天涯外的牛郎和一个容貌秀美、身姿绰约的织女。接下来的四句描写出织女劳动的情景以及她思念丈夫，内心正经历着痛苦的煎熬。最后四句则是诗人对织女与牛郎虽仅有一水之隔，却只能默默地用眼神传递相思之意的感叹。其中"盈盈""脉脉"两个叠词的使用更是将一位思念丈夫的少妇形象完美地表现了出来。

下列诗句中，哪一句不是描写牛郎织女的？

- □ A. 两情若是久长时，又岂在、朝朝暮暮。
- □ B. 山上桃花红似火，一双蝴蝶又飞来。
- □ C. 未得渡清浅，相对遥相望。
- □ D. 七夕今宵看碧霄，牵牛织女渡河桥。

诗词拾趣

长相思①二首（其二）

[唐] 李白

日色欲尽花含烟，月明欲素②愁不眠。

赵瑟③初停凤凰柱④，蜀琴⑤欲奏鸳鸯弦。

此曲有意无人传，愿随春风寄燕然⑥。

忆君迢迢隔青天。

昔时横波⑦目，今作流泪泉。

不信妾断肠，归来看取明镜前。

注释

①长相思：属乐府《杂曲歌辞》。②素：指白色的绢。③赵瑟：瑟，弦乐器。相传古代赵国人善鼓瑟。④凤凰柱：雕饰有凤凰的瑟柱。⑤蜀琴：古人诗中常以蜀琴喻佳琴。⑥燕然：山名，即今蒙古人民共和国杭爱山。代指边疆。⑦横波：形容眼神流转，顾盼生辉的样子。

译文

太阳即将落山，暮色朦胧，花蕊笼罩着寒烟，月色如水，我夜夜思念着情郎，不能入睡。我停下演奏瑟的手，想要弹奏蜀琴，又害怕触动了鸳鸯弦。这蕴含无限情意的曲调，却没人为我传送，只能期盼它自己随着春风飘到燕然。我思念的情郎远在天边外，当年与他暗送秋波的眼眸，如今都成了含着泪水的清泉。你若是不信我想你想得肝肠寸断，就回来看看镜子里我憔悴的容颜。

赏 析

乐府《杂曲歌辞》有"上言长相思，下言久别离"，多写离别相念之意。

这首诗采用情景结合的描写来咏相思之苦，诗中塑造了一位思念丈夫的思妇形象，写思妇以琴瑟传情，直抒胸臆。特别是"归来看取明镜前"一句，写出了思妇诚挚的思念之情：我思念你的泪面，折损容颜，等你归来时，自有明镜为我做证。把缠绵悱恻的情思表现得淋漓尽致。

诗词拾趣

从下面词组中各选一个字，组成两句诗。

- 举足轻重　杯弓蛇影　邀功请赏　深明大义　日新月异
- 对答如流　形影不离　一事无成　三心二意　物是人非

句1

句2

秋胡行

[唐] 高适

妾①本邯郸未嫁时，容华②倚翠③人未知。

一朝结发④从君子，将妾迢迢⑤东路陲。

时逢大道无难阻，君方⑥游宦⑦从陈汝⑧。

蕙楼⑨独卧频⑩度春，彩落⑪辞君几徂暑⑫。

三月垂杨蚕未眠⑬，携笼⑭结侣南陌⑮边。

道逢行子⑯不相识，赠妾黄金买少年⑰。

妾家夫婿轻离久，寸心誓与长相守。

愿言行路莫多情，送妾贞心在人口。

日暮蚕饥相命归，携笼端饰来庭闱。

劳心苦力终无恨，所冀⑱君恩⑲那可依⑳。

闻说行人已归止㉑，乃是向来赠金子。

相看颜色不复言，相顾怀惭有何已。

从来自隐无疑背，直为君情也相会。

如何咫尺仍有情，况复迢迢千里外。

此时顾恩不顾身，念君此日赴河津。

莫道向来不得意，故欲留规诫后人。

🦋 **注释**

①妾：已婚女子的自谦称呼。②容华：指美丽的容颜。③倚

翠：女子美好的眉色。④结发：束发，古代成婚之时的一种礼仪，男左女右共髻束发。⑤迢迢：道路遥远。⑥方：方能，方才。⑦游宦：外出做官。⑧陈汝：唐代陈州淮阳郡，今河南境内。⑨蕙楼：对楼房的美称，也指女子的住所。⑩频：屡次，接连。⑪彩落：指光彩落去，一作彩阁。⑫徂（cú）暑：盛暑，炎热的夏天。⑬蚕未眠：蚕没有春眠化蛹，指还没有吐丝。⑭携笼：手携桑笼。⑮陌：田间小路。⑯行子：指行路的人。⑰少年：这里指青春。⑱冀：期盼。⑲君恩：君子的恩情。⑳那可依：哪里可以依靠。㉑归止：归宿止息。

译文

　　我没有成亲前本是邯郸人，于深闺中无人见到我美好的容颜。一朝与你结发为夫妻，你领着我走过遥远的路来到你家。恰逢大道通行

没有阻挡，你才能到陈汝求官。我在香楼独居了几度春秋，又与你分别了几个酷暑。适逢三月，垂柳依依而桑蚕还未吐丝，我拿着笼子与伙伴一起在南路边采桑。路上遇到一个不认识的行人，他要用黄金买下我的青春。我家夫君的确外出许久，但我曾发誓要与他长相厮守。希望你不要自作多情，令我的贞洁之心成为他人嘴里的流言。黄昏时我采桑完毕，稍事休整回到自己的房间。我劳心费力也没有怨言，只期望你的恩情能成为我的依靠。听说外出的夫君已经回家了，没想到就是先前那个要买我的人。我们相互注视无言以对，彼此尴尬又惭愧。我自省自己从不猜疑违背你，正是念着你的恩情想要与你重聚。为什么你与我近在咫尺还要对美人有情，何况你这几年远在千里之外呢？此时我仍顾念你的旧日恩情，却无法顾念自己的生命了，对你的思念今日就都随渡口的水流走吧。不要说我从来没有得到过情意，诉说这些只是为了劝诫后来的人。

赏析

这首叙事长诗叙写了女主人公从结发远嫁到独守空闺再到与夫君决绝的过程。

对于女主人公初嫁以及婚后与夫君分别的情景，作者只各自用四句诗带过，描写虽简单，却给读者留下了广阔的想象空间。我们似乎能从中看到，年轻貌美的女子带着满怀喜悦与期盼，随夫君走过漫长的路途来到他的家乡，然而婚后不久，夫君就去外地为官了，留下她年复一年地与寂寞为伴。不同于其他诗句的平易浅白，"蕙楼独卧频度春，彩落辞君几徂暑"两句用语绮丽，将思妇的寂寞、相思刻画得形象而生动。

诗歌将重点放在了两人重逢的情景，作者用大量篇幅描写两人的言行和女主人公的心情：阔别多年，两人已相见不相识，一个见路边采桑女子貌美，便轻佻地调戏；一个怀着对夫君的深情，义正词严地拒绝。两人都以为这只是一个小插曲，没想到戏剧性的转变出现了，"闻说行人已归止，乃是向来赠金子"！

这时，"相看颜色不复言"的尴尬是必然的，但令人意想不到的是女主人公的态度：独守多年、如今已青春不再的她没有留恋昔日的恩情，而是清醒地认识到对方轻浮的本质，毅然斩断了情丝，赴河而死。

故事的结局令人唏嘘感慨，同时也对女主人公"闻君有两意，故来相决绝"（《白头吟》）的勇敢与果断产生敬佩之情。

车遥遥①

［唐］张祜

东方昽昽②车轧轧③，地色不分新去辙④。
闺门半掩床半空，斑斑枕花残泪红。
君心若车千万转，妾身如辙遗⑤渐远。
碧川迢迢山宛宛⑥，马蹄在耳轮在眼。
桑间女儿情不浅，莫道野蚕能作茧。

注释

①车遥遥：属乐府《杂曲歌辞》。②昽（lóng）昽：微明的样子。③轧（yà）轧：形容马车车轮的声音。④辙：车轮压出来的痕迹。⑤遗：丢失，遗留。⑥宛宛：盘旋屈曲的样子。

译文

东方天刚亮，马车发出轧轧的声响，夫君你就要离开了。那车轮轧在地上的痕迹，新旧混杂，难以分辨。只留我独自闺中，呆望着那半掩的门和身边空落了一半的床铺，不禁泪湿枕巾，留下斑斑痕迹。君心就像那不停转圈的车轮，难以静止不动，我则似那被留下的辙印，渐渐落在你的身后。尽管碧川遥远，山路盘旋曲折，马蹄声仍在耳畔，车轮仍在眼前，一如我的切切叮咛：你别以为了路上碰到的桑间女子情意深厚，更不要以为野外的春蚕能够为你吐丝作茧。

赏析

这首诗以女子的口吻，形象而生动地描写了思妇送别夫君的情景。

作者在诗中多处使用叠词，如形容东方微明的情景用"昽昽"，马车声用"轧轧"，思妇留在枕上的泪痕"斑斑"，江河"迢迢"，山路"宛宛"，使得诗歌富有独特的韵律美。

同时，作者也十分善于运用比喻，"君心若车千万转，妾身如辙遗渐远"，两句构思新奇，才思致远。

全诗读来流畅自然，情真意切，结语两句叮咛更是点睛之笔。

寄远

[唐] 马戴

坐想亲爱远，行嗟①天地阔。

积疹②甘③毁颜，沈忧④更销骨⑤。

迢迢游子心，望望归云没。

乔木非故里，高楼共明月。

夜深秋风多，闻雁来天末⑥。

🦋 注释

①嗟：叹词，表示感慨、感叹。②积疹 (zhěn)：久病。③甘：愿意，乐意。④沈忧：即 "沉忧"，指非常忧愁，心事重重。⑤销骨：侵蚀骨骼，意即损伤身体。⑥天末：指天边。

🦋 译文

静坐着思念远方的爱人，天地广阔我却边行边叹。但我甘愿因相思而病、日渐憔悴，满怀忧愁以致形销骨立。游子之心远路迢迢，那天上的归云也已消失不见。乔木不是那故乡的乔木，而在高楼上所望见的应是同一轮明月吧。夜色深沉秋风凉，听闻大雁从天边飞来了，不知是否带来了远方的消息。

🦋 赏析

诗歌表达了诗人对远方"亲爱"之人的无限相思之情，语言平易质朴，情绪层层递进，颇能引人共鸣。

开篇已是直击人心，游子为追求广阔天地而不得不离开所爱，却始终放不下心中的依恋，时常会坐想、嗟叹。

第三、四句一语双关，既可以理解为写游子因相思而久病、憔悴，因忧愁而销骨，也可以看作是游子认为远方的爱人必然是这般模样。

接下来的两句中，诗人连用叠词来提升抒情效果，"迢迢"可见相隔之遥远，"望望"彰显思念之深切。

最后，诗人在"乔木"四句中，诉说了虽然分隔两地，但是两心相同，唯愿鸿雁能传递远方的消息，稍解自己的思念之情。

将心比心、诗意双关是全诗最突出的特点，可想而知，游子与所念之人的毁颜、销骨、望归云、共明月等自然是一样的，正应和了那句"一种相思，两处闲愁"。

诗词拾趣

在下面空白处填上合适的词语。

1. 独在异乡为 ☐☐ ，每逢 ☐☐ 倍思亲。

2. 十年 ☐☐ 两茫茫，不思量，自难 ☐ 。

3. 欲寄彩笺兼 ☐☐ ，山长水阔知 ☐☐ 。

4. 花间一壶 ☐ ，独酌无 ☐ 。

寄扬州韩绰①判官②

[唐] 杜牧

青山隐隐③水迢迢，秋尽江南草未凋④。
二十四桥⑤明月夜，玉人⑥何处教吹箫？

🦋 注释

①韩绰（chuò）：杜牧友人，生平不详。②判官：唐朝时节度使、观察使下的属官。③隐隐：隐隐约约，时隐时现的样子。④草未凋：一作"草木凋"。⑤二十四桥：扬州名胜，又名"红药桥"。古有二十四美人吹箫于此，故名"二十四桥"。本诗即用此传说。⑥玉人：美人。

🦋 译文

青山蜿蜒，江水悠长，秋天已结束，江南的草木还未凋落。二十四桥桥头明月高悬，不知老友你正在何处听美人吹箫？

🦋 赏析

本诗首句从大处落墨，绘出了一幅"青山迤逦，绿水迢递"的悠远景致。"青山隐隐水迢迢"一句之内，双重叠字，既写出了山水之秀，也暗示了诗人与好友之间山水相隔的现实空间距离，间接地写出了诗人对友人的怀念。

诗的三、四两句，诗人笔锋稍稍一转，对记忆中的"二十四桥明月夜"做了生动的描写：月色朗朗的夜晚，闲立在二十四桥头看江水，品吴侬软语，听美人吹箫，岂不快活似神仙。诗末句"玉人何处教吹箫"既是对风流多情的友人的调侃，也是对以"二十四桥""美人吹箫"为代表的扬州安闲生活的怀念。

全诗意境清雅，优美动人，语言风趣，格调悠扬，读之颇有几分逸趣。

惜春词

〔唐〕温庭筠

百舌①问花花不语，低回似恨横塘②雨。

蜂争粉蕊蝶分香，不似垂杨惜金缕。

愿君留得长妖韶③，莫逐东风还荡摇。

秦女④含颦⑤向烟月，愁红⑥带露空迢迢。

注释

①百舌：百舌鸟，能模仿百鸟之声，此处代指百鸟。②横塘：原为三国时吴国在建业（今江苏南京）秦淮河边修建的堤岸，此处泛指秦淮河。③妖韶（sháo）：指妖娆美好。④秦女：泛指秦地女子。⑤颦（pín）：皱眉。⑥愁红：指枯萎或即将枯萎的花，其状似女子含愁的样子，此处借指诗中的女子。

百舌鸟问花，花却沉默无语，低着头好似在怨恨横塘的雨。蜜蜂和蝴蝶争相采集花粉、吸取花香，全不像那杨柳低头怜惜金色的枝条。希望花儿能够长久保留这美好，不要被春风吹得凋落。秦女皱眉望向烟云间的月亮，感慨青春就像那带露的残花。

赏 析

本诗清丽哀婉，华美凄切，言语之间，将一位伤春惜时、黯然神伤、渴望摆脱尘世束缚的女子形象展现得淋漓尽致。

第一、二句即道雨打花落，垂首似恨之景，尽显女子伤春之愁，暗道其心中青春易逝之感怀。第三、四句看似为百花垂杨之辞，实则以花与杨柳为喻，表面讽刺良家女自视过高，却是暗中道尽自己身为青楼女子的悲凉惨淡。

第五、六句则将紧张的情绪缓和了下来，道出了这位历尽人情冷暖、世态炎凉的女子的希冀：多希望这妖娆的花能够停留在这一瞬间，不要随着东风摇摆凋残。第七、八句中诗人遥望那烟云笼罩下的月亮，不由得心中平添时光荏苒、岁月飞逝的悲伤之情。

诗词拾趣

根据下面提供的字，请写出两句词。

相	晴	无	征	花	识
桃	落	远	归	天	奈
已	燕	芳	可	曾	来
何	人	似	家	地	去

句1

句2

寄益阳武灌①明府

[唐] 杜荀鹤

县称诗人②理，无嫌③日寂寥④。

溪山入城郭⑤，户口半渔樵。

月满弹琴夜，花香漉酒⑥朝。

相思不相见，烟水路迢迢。

注释

①武潬：即武瓘，唐咸通四年进士，曾任益阳（今属湖南）县令。杜荀鹤友人。②诗人：武瓘在当时大有诗名，故有此说。③无嫌：不用怀疑，亦作无妨解。④寂寥：形容寂寞空虚。此处形容武瓘治理得法，故民间清平，县令无事可做。⑤城郭：内城的墙为城，外城的墙为郭，城郭泛指城市。⑥漉（lù）酒：对新酿的酒进行过滤，去除杂质。

译文

由诗人来担任县令，治理得法，不用怀疑真是"日日寂寥"啊。青山溪水入于小城，而居民则多半是渔夫和樵夫。你那里明月高悬的夜晚是弹琴之时，花香四溢的清晨是滤酒之期。我在这里思念着你啊却难以相见，因为路途遥远，一路烟水迷蒙。

赏析

为表达对友人的思念之情，作者以诗代信，写下了这首作品。

开头两句暗暗赞颂一番友人治县有方，民间无事，自然"日寂寥"。三四句描写益阳风景秀丽、人民淳朴。五六句则遥想武瓘在益阳生活惬意、闲适。末尾两句表达了对武瓘的相思之意。

鹊桥仙①·纤云弄巧

[宋] 秦观

纤云弄巧，飞星传恨，银汉迢迢暗度。金风②玉露一相逢，便胜却、人间无数。

柔情似水，佳期③如梦，忍顾④鹊桥归路。两情若是久长时，又岂在、朝朝暮暮。

注释

①鹊桥仙：词牌名，一名《广寒秋》。此调多咏七夕，仄声韵，双调五十六字。②金风：秋风。③佳期：指男女约会的日期。梁武帝《七夕》诗："妙会非绮节，佳期乃良年。"④忍顾：不忍心回头看。

译文

轻柔的云彩在天空中变幻，流星传递着相思的幽恨，今夜它们悄悄地渡过那遥远的银河。这秋风白露之夜的一次相逢，喜悦虽然短暂，却胜过了尘世间无数的相会。

柔情好似那流水缠绵悠远，美好的时刻如同幻影般缥缈短暂，分别时实在不忍去回望那条鹊桥路。只要情意长久不变，又何必非要朝朝暮暮在一起。

赏析

词作开篇就描绘出了一幅初秋夜景的绮丽景象，"弄巧"二字将云彩的变化描写得生动传神。接下来，诗人将主题紧扣在了牛郎织女相会之上，"银汉迢迢"说明二人距离的遥远。"暗度"二字，其中有多少别恨离愁幽幽诉出。

随后，词人笔锋一转，不去写那相见之时互诉衷肠、泪流满面的场景，而是笔墨浓郁地去赞美这一对久别重逢的情侣。分别久了，情感的积聚便会异常浓烈，这一次短暂的相逢自然而然胜过了人间痴男怨女的千万次重逢。

下阕开篇写人生最无奈的事便是聚少离多，刚才还沉浸在相会的幸福之中，此刻却又要分别，那相会的鹊桥也成了这一对情侣分别的归路，他们不由得屡屡回首，难分难舍。于是，在词的结尾，词人终于发出了这首词的最强音，揭示了爱情的真谛。

洞房联吟

相传，秦观的妻子苏小妹是苏东坡的妹妹，自幼聪颖，多才多艺。新婚那天，苏小妹出了三个对联来考秦观。前面两联，秦观很顺利地对了出来，苏小妹不服气，故意出了个很难的对子难为他——"双手推开窗前月，月明星稀，今夜断然不雨。"秦观绞尽脑汁想了半天，也对不出来，急得在庭院中来来回回地乱转圈。转到院中一口盛满水的花缸前时，远处忽然飞来一块石子，石子落入缸中，扑通一声，溅起一片水花。秦观见状，灵机一动，迅速对出了下联："一石击破水中天，天高气爽，明朝一定成霜。"苏小妹看了下联，很高兴，这才将秦观迎入洞房。

诗词拾趣

南歌子①·玉漏②迢迢③尽

[宋] 秦观

玉漏迢迢尽，银潢④淡淡横。梦回⑤宿酒未全醒。已被邻鸡催起、怕天明。

臂上妆⑥犹⑦在，襟⑧间泪尚盈。水边灯火渐人行。天外一钩残月、带三星⑨。

🦋 **注释**

①南歌子：词牌名，又作《南柯子》《春宵曲》《水晶帘》等。此词亦有版本副题作"赠陶心儿"。②玉漏：对古代计时工具的美称。③迢迢：这里是漫长的意思。④银潢（huáng）：指银河。⑤梦回：梦醒。⑥妆：这里指女子的脂粉尚留在情人臂上。⑦犹：还。⑧襟（jīn）：指衣服的胸前部分。⑨三星：一说指参星，参星在天表示天将明。一说指三颗星宿。

🦋 **译文**

漏壶中的水终于滴到了尽头，银河淡淡地横在天幕上。昨夜的宿醉令梦醒的我仍感迷蒙，隔壁的鸡鸣似在催促人们起床，枕间的情人却最害怕天亮。

一切恍然如梦，可我的臂间仍留有她脂粉

的痕迹，胸前衣服上也留有她斑驳的泪印。水边灯火点点，街上渐渐出现了行人，那天边挂着一弯残月和几颗晨星。

赏析

秦观曾任蔡州（今湖北枣阳）教授，据说当时颇为眷宠营妓陶心儿，此词便是他在与陶心儿分别之际所作。词作叙写了情人夜会共饮、晨起离别的情景。

上阕写离别之前，起首"玉漏迢迢尽"句，便已形象生动地刻画了情人离别时难舍难分的情景，因为怕天明便要分别，以至于深夜不寐，细数着漏壶一点一点滴尽。

下阕写佳人告别后，诗人落寞的心情。在这里，诗人避开正面描写，只以"臂上妆犹在，襟间泪尚盈"侧面点出昨夜佳人的伤心情状，其无限深情从中可见一斑，而同时也可以看出诗人与所爱分离的感伤。末尾三句以景衬情，在一片黎明前清冷的氛围中，结束了全篇。

病中杂咏十首（其五）

[宋] 陆游

身是人间一老樵①，城南烟水寄迢迢②。
寻人偶到金家峤③，取米时经杜浦桥④。
小市孤村鸡喔喔，断山幽谷雨萧萧⑤。
吾曹⑥自养无能尔，楚客⑦应无隐可招。

注释

①老樵：年老的樵夫。②迢迢：形容遥远。③金家畯（jùn）：地名。④杜浦桥：地名。⑤萧萧：象声词，常用来形容风声、雨声等。⑥吾曹：我们。⑦楚客：唐诗宋词中多指忠而被谤、身遭放逐的屈原，亦泛指客居他乡或被贬谪的人。

译文

此身不过是人间的一位年老的樵夫，居住在烟水迢迢的城南，过着最平凡的日子，偶尔到金家畯寻友，取米时会经过杜浦桥。在这偏僻的小村庄里听听鸡鸣的声音，来到断山幽谷观赏细雨潇潇。无能的我也可谋食自养，虽闲居在这里，但也没什么怨言可说。

赏析

陆游是越州山阴（今浙江绍兴）人，而杜浦桥就位于他的家乡，因此这首诗写的是诗人老年时闲居乡间的生活及感受。对于这一时期的生活，诗人还曾写下《过杜浦桥》等诗。

诗歌前六句以质朴平实的语言，描述了诗人的居住环境以及日常生活片段。在诗人生动形象的描写中，我们似乎可以看见年迈体弱的他，缓缓行走在路上，到金家畯去访友，过杜浦桥去取米，偶尔伫立聆听村中鸡群的鸣叫，凝望城南那片迷蒙的烟水，于断山幽谷处漫赏细雨潇潇……结尾两句的直抒胸臆，却使得这一切脱离了闲适与悠然，而令诗人强颜自解的身影显得颇为寂寥。

入若耶溪①

［南朝梁］王籍

舴艋②何泛泛，空水共悠悠。

阴霞③生远岫④，阳景逐回流。

蝉噪林逾静，鸟鸣山更幽。

此地动归念，长年悲倦游。

注释

①若耶溪：水名，在今浙江绍兴东南。②舴艋（yú huáng）：大船。③阴霞：山南水北称作"阳"，山北水南称作"阴"，此处应为山之北面的霞光。④岫（xiù）：代指峰峦。

译文

我驾着小船在若耶溪上畅游，看水中天空的倒影荡荡悠悠。晚霞从远处的山峰间升起，落日余晖正照耀着蜿蜒曲折的水流。蝉声阵阵，树林却愈见宁静；鸟鸣声声，深山却更觉清幽。如此美景令我生出了归隐之心，又因多年来早已厌倦了仕途却无法归隐而感到伤心。

赏 析

本诗首二句写诗人乘船在若耶溪中泛游，"泛泛"二字尽显诗人任船而行、逍遥自在的情态，"悠悠"两字更衬出天映水、水映天的空明。诗人将目光远放，只见山北面的霞光抹在空中。此处"生"字尤为巧妙，将山遮霞的层次感渲染得尤为动人。诗人再将目光回收，便见落日余晖粼粼铺于水面，追逐着船尾回流。无论是"生"还是"逐"，都富有极强的动感。

颈联二句写尽若耶溪之幽，蝉噪林里，鸟鸣山中，一"逾"一"更"唤醒了人的感官。达到这个效果并非靠这两句的单独营造，而是从首句便开始铺垫，渐渐将一个幽静辽远的世界和一颗超然世外的心灵呈现于读者眼前。最后，诗人笔锋一转，将感情引回到思乡上来。王籍曾任余姚钱塘令，后随府会稽，见到熟悉的山水，自然而然地动了归乡之念。

诗 词 拾 趣

根据下面提供的字，请写出一句诗。

暗	子	梅	昏	香	月
浮	落	动	归	天	黄

句1

西洲曲

〔南朝〕佚名

忆梅下西洲，折梅寄江北。

单衫杏子红，双鬓鸦雏色①。

西洲在何处？两桨桥头渡。

日暮伯劳②飞，风吹乌臼③树。

树下即门前，门中露翠钿。

开门郎不至，出门采红莲。

采莲南塘秋，莲花过人头。

低头弄莲子，莲子清如水。

置莲怀袖中，莲心彻底红。

忆郎郎不至，仰首望飞鸿④。

鸿飞满西洲，望郎上青楼⑤。

楼高望不见，尽日栏杆头。

栏杆十二曲，垂手明如玉。

卷帘天自高，海水摇空绿。

海水梦悠悠，君愁我亦愁。

南风知我意，吹梦到西洲。

❀ 注释

①鸦雏色：如同小乌鸦一样的颜色，形容女子的秀发又黑又

亮。②伯劳：鸟名，南朝梁武帝萧衍有《东飞伯劳歌》，后多以"伯劳"代指分离的情人。③乌臼（jiù）：也写作"乌桕"，落叶乔木，子如胡麻，可制皂。荆扬地区多植于门前。④望飞鸿：古时候传说鸿雁可以传书，"望飞鸿"就是盼望书信到来。⑤青楼：青色的楼。在唐朝之前的诗中，常用青楼代指女子的住所。

🦋 译文

　　梅花唤起了回忆，她忽然很想去西洲折一枝梅花，寄去长江北岸。她单薄的衣衫好似杏子一样红，她的头发如同雏鸦那样乌黑发亮。西洲究竟在哪里？划着小船就能到达西洲桥头的渡口。黄昏时分伯劳鸟飞走了，晚风吹拂着乌桕树。树就在她的家门前，门缝间隐隐可见她那翠绿的钗钿。她打开家门却不见情郎，便出门去采红莲。在秋天的南塘里，她摘着红莲子，莲花已长得高过了人头。她低下头拨弄着莲子，莲子青青，流水清清。将莲子藏在袖中，那莲心红得通透。思念郎君却不见郎君，她抬头望向天上的鸿雁。西洲的天上飞满了鸿雁，她登上高楼希望能望见情郎。楼台虽高却仍看不到情郎，她倚在栏杆上痴望了一整天。栏杆曲折蜿蜒向远方，她垂在栏旁的双手明润如玉。卷起帘儿，外面的天空是那样高远，海水空自荡漾着一片深绿。梦就犹如海水般悠然，郎君你忧愁我也忧愁。南风如果懂得我的情意，请将我的梦吹到西洲。

🦋 赏析

　　本诗开头以"梅"起兴，寄忆相思。看见梅，伊人想起了昔日与情郎游赏西洲时的种种美好，从而自然地引出了其后开门迎郎、出门采莲、登楼苦候、寄梦南风的诸般情景。透过这些情景，诗人要表达的不独是时空物候之变幻，更有伊人情感之变幻，其中巧妙构思，实令人称绝。

尤其是"采莲南塘秋"六句，形象地写出了伊人出门采莲的情景。六句六个"莲"字，莲莲相叠，着意渲染了伊人相思之绵长。

再者，"莲"本通"怜"，自古以来便有爱恋思慕之意，在此，诗人又巧妙地借"莲花""莲子""莲心"之物象，表达了伊人的深情。

除此之外，诗中亦多见精妙之处。如以四个"门"字的相叠递进，表达"郎不至"的焦虑担忧；以"鸿飞满西洲"喻盼信不至的煎熬与思念之深厚悠长；以"海水梦悠悠"写相思离愁之无尽。

诗词拾趣

在下面空白处填上合适的字词。

1. 关关雎鸠，在河之洲，□□ 淑女，君子好逑。

2. 墙角数枝 □，凌寒 □□ 开。

3. □□ 玉露一相逢，便胜却 □□ 无数。

4. 但愿人 □□，千里 □ 婵娟。

滕王阁诗

[唐] 王勃

滕王高阁临①江②渚③，佩玉鸣鸾④罢歌舞。

画栋朝飞南浦云，珠帘暮卷西山雨。

闲云潭影日悠悠，物换⑤星移⑥几度秋。

阁中帝子⑦今何在？槛⑧外长江空自流。

注释

①临：面对。②江：指赣江。③渚（zhǔ）：江中的小洲。④佩玉鸣鸾：此处俱借指显贵之人。佩玉，佩戴玉饰的贵族；鸣鸾（luán），乘坐带有响动的鸾铃马车出行的王族贵胄。⑤物换：指四季风物的变化。⑥星移：天上星宿不断运行，表示时光流逝。⑦帝子：指滕王李元婴，唐高宗李治的叔叔。⑧槛（jiàn）：栏杆。

译文

高高的滕王阁矗立在江心的沙洲旁，当初挂琳琅玉佩、乘鸾铃马车参加的歌舞宴现在已经停止。如今只有南浦的云、西山的雨与雕梁画栋、珠玉卷帘朝夕相伴。潭中白云的倒影倒是每日悠闲，只是物换星移已经过了几个春秋。修建这阁楼的滕王如今在哪里呢？那栏杆外的江水空自向远方奔流。

赏析

这首《滕王阁诗》为王勃在经过洪州（今江西南昌）参加都督阎伯

舆的宴会时所作，当时他还即席作了一篇《滕王阁序》。

诗人在开篇以大气质朴的手笔点出了滕王阁的气势，用字凝练又含蓄有章。两句诗不但将滕王阁临江而建的气势发端进行交代，连同曾经在场的宾客也一笔描出，在一座临江而建的高大楼阁之中，江水临栏，气势宏大，而来往的宾客玉佩琳琅，车马鸾铃交替，是何其热闹而繁华。

但作者之意并不止于此，两句诗一带而过，重笔描摹滕王阁之景，以状写空间的"阁""江""栋""浦""帘""雨""云""潭"，与时间之词"日悠悠""物换""星移""几度秋""今何在"相呼应，于是，滕王阁之气势就被这些空间、时间之词托举而出，可谓精彩至极。

宴词①

[唐] 王之涣

长堤春水绿悠悠②，畎③入漳河一道流。
莫听声声催去棹④，桃溪浅处不胜舟。

注 释

①宴词：指在宴会上所作。②悠悠：形容水的连绵不断。③畎（quǎn）：田间小沟。④棹（zhào）：一种划船的工具，似桨。

译文

长堤下，碧绿的春水悠悠荡荡，与田间小沟的水流一起汇入漳河。不要去听那似在催促离开的棹声，只怕桃花溪溪水太浅，载不动这愁绪满满的小舟。

赏析

这首诗是宴上所赋，诗人却无一字写宴乐之景，而是描绘了一幅水光澄碧、长堤迤逦、桃花逐水、兰舟催发的图景，以乐景衬哀情，以春水喻离愁。

首句先以"春"字点明时令，再以"绿"字描摹春水，续以"悠悠"来描写春水之绵延流淌之态，融情于景，比喻大胆，暗点离别之惆怅。

次句明写畎亩之中的渠水汇入漳河，与"春水"一起朝着远方奔流，实际上却是在以水之并流远去来衬托人之别离无伴。

第三句摹写了一幅兰舟催发的离别景致，其中"声声"为叠词，既能谐声律，又加强了"催"的急促紧迫之感。

最后，诗人依托春水兰舟，展开了浪漫的想象。在此，诗人不独以桃溪之"水浅"来反衬一舟"离愁"之深重，亦将满腹离怀愁绪全都寄放在桃花逐流水的凄美景致之中。

西江夜行

［唐］张九龄

遥①夜人何在，澄潭月里行。

悠悠天宇②旷，切切故乡情。

外物寂无扰，中流澹③自清。

念归林叶换，愁坐露华生。

犹有汀洲鹤，宵分④乍一鸣。

注释

①遥：远。这里指时间漫长。②天宇：天空。③澹（dàn）：水流舒缓的样子。④宵分：夜半。

译文

漫漫长夜，人在何处？正在这碧波夜月之中行船。天空是如此辽阔悠远，而我对故乡越发思念。身外的事物没有人的忧愁，清澈的潭水是那样自在。归乡的念头不知已随着林中树叶换了几个春秋，怀着乡愁独坐，直到寒露渐生。还有那江中沙洲上的白鹤，在这夜半时分乍然长鸣，令人不由心惊。

赏析

本诗开头，诗人笔入奇巧，以一问一答起势，直切"夜行"之主题："遥"极言夜之深长，"澄"写尽潭水之碧透清澈。

"悠悠天宇旷"，为月下夜行人之所感，长夜行舟，四望茫茫，天地一片空旷。当此之时，诗人不禁生出浓浓的乡愁。

"外物寂无扰，中流澹自清"，身外重重景物全都寂然无声、没有烦恼，澄澈的江水也自由自在地奔流，相比之下，羁旅途中的行人却有太多愁绪和牵绊。思及此处，诗人不由勃发感慨："念归林叶换，愁坐露华生。""林叶换"象征光阴的流逝，"露华生"既是对露微凝的实景的描摹，也道明了时间。从"遥夜"到"露华生"，可见行人"愁坐"的时间已经很久了。

最后，诗人以一声鹤鸣结束全篇。情也好，景也罢，至此戛然而止，似有未尽之意，却又无言可说，言外种种留白，全凭读者想象。

太原①早秋

［唐］李白

岁落②众芳歇，时当大火流③。
霜威④出塞⑤早，云色渡河⑥秋。
梦绕边城月，心飞故国⑦楼。
思归若汾水⑧，无日不悠悠。

注释

①太原：唐代时称为并州。②岁落：岁月流逝。③大火流：即"七月流火"，农历七月之后，大火星逐渐向西方迁移、坠落，天气开始变凉。大火，大火星，星宿名，即心宿。④霜威：形容

天气寒凉，已经结霜。⑤塞：关塞。⑥河：指黄河。⑦故国：故乡。⑧汾水：汾河，黄河的第二大支流。

译文

光阴流逝，花草凋零，夏天随着大火星西行而渐渐离去。秋霜早早地降临到塞外，黄河以北已是一片秋天的景色。梦中看到边城的月亮，我的心却飞回了故乡的楼宇。思乡之情就像这悠悠的汾河水，心里没有哪天不在思念家乡。

赏析

这首怀乡之作是李白应友人之约来到太原，谋求职位而不得之后所作。

首联交代时节，"大火流""众芳歇"点明此时是早秋，天气已然变冷，四季更迭，花草都已经凋谢。颔联具体描写早秋景色，交代了诗人所处的地点：塞外的天寒得早，已有秋霜落下；云彩飘过黄河，大地间一片秋色。这一清冷的氛围为诗人下文的抒怀奠定了基础。颈联由景即情，抒发作者对故乡亲人的思念。身处他乡的诗人，连梦中都是这边塞的景象，可知诗人此时的心，早已飞向那故乡的楼宇。尾联用一个比喻作为结尾，诗人对家乡的想念，正如这汾水一样，终日悠悠流淌，绵延不断，生动地表现了诗人的思归之情。

这首诗以景起，以情转，以喻收，结构浑然一体。

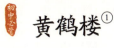黄鹤楼^①

[唐]崔颢

昔人^②已乘黄鹤去，此地空余黄鹤楼。

黄鹤一去不复返，白云千载空悠悠。

晴川^③历历汉阳^④树，芳草萋萋鹦鹉洲^⑤。

日暮乡关^⑥何处是？烟波江上使人愁。

注释

①黄鹤楼：故址在今湖北武汉市武昌区，黄鹤楼始建于三国东吴黄武二年（223），唐时声名大起，宋之后屡毁屡建；20世纪80年代，黄鹤楼再次重建。黄鹤楼有"天下江山第一楼""天下绝景"之称。②昔人：指传说中驾鹤而去的仙人。③晴川：指在阳光照耀下的江水。④汉阳：今湖北武汉汉阳区，与黄鹤楼隔江相望。⑤鹦鹉洲：唐时在汉阳西南长江中。⑥乡关：指故乡。

译文

昔日的仙人已经驾着黄鹤飞走了，这里空留下一座黄鹤楼。黄鹤走了便再也没有回来，千百年来只有悠悠白云。晴空下的汉阳树木历历可见，鹦鹉洲上的芳草繁丽茂盛。暮色已至，哪里是我的故乡？江面烟波渺渺，令人更添乡愁。

❀ 赏析

这首诗的诗眼尽在一个"愁"字，准确地表达了日暮时分诗人登临黄鹤楼的心情。

开头两句讲述了诗人因登楼想起有关黄鹤楼的传说，可眼前所见是仙人早已驾鹤而去，杳无踪迹，只剩下一座名楼矗立江边，从而产生了一种怅然若失的感觉。接下来的三、四句写诗人心中的感慨，黄鹤楼久远的历史和美丽的传说不停地在诗人脑海中回放，但现在已经物是人非、鹤去楼空。"晴川历历汉阳树，芳草萋萋鹦鹉洲"既是对眼前景色的描写，也有缅怀古人、古今对比之意。最后两句则将前面营造的怀古气氛突然一转，诗人通过江上的迷雾想起了自己的故乡，无尽寂寞顿时化成了满腹的乡愁。

李白搁笔

李白来到武昌，登临黄鹤楼，看到滔滔的江水、浩荡的群山，诗兴大发，于是寻来笔墨，准备题诗一首。只是，他刚提起笔，便看到了墙壁上崔颢的题诗《黄鹤楼》。

李白读完之后，长叹一声，放下了笔。朋友问他为什么不写了，他说，自己要写的诗比不上崔颢的《黄鹤楼》。于是，"眼前有景道不得，崔颢题诗在上头"成为李白与黄鹤楼的一大憾事。相传李白《金陵登凤凰台》诗，即为与此诗较胜负之作。

诗词拾趣

荆门①行

[唐] 王建

江边行人暮悠悠②，山头殊未见荆州。
岘亭西南路多曲，栎林深深石镞镞③。
看炊红米煮白鱼，夜向鸡鸣店家宿。
南中三月蚊蚋④生，黄昏不闻人语声。
生纱帷疏薄如雾，隔衣嚼⑤肤耳边鸣。
欲明不待灯火起，唤得官船过蛮水。
女儿停客茆⑥屋新，开门扫地桐花里。
犬声扑扑寒溪烟，人家烧竹种山田。
巴云欲雨薰石热，麋鹿⑦度江虫出穴。
大蛇过处一山腥，野牛惊跳双角折。
斜分汉水横千山，山青水绿荆门关。
向前问个长沙路，旧是屈原沉溺⑧处。
谁家丹旐⑨已南来，逢著流人从此去。
月明山鸟多不栖，下枝飞上高枝啼。
主人念远心不怿⑩，罗衫卧对章台夕。
红烛交横各自归，酒醒还是他乡客。
壮年留滞⑪尚思家，况复白头在天涯。

35

注释

①荆门：荆州，在今湖北。②悠悠：连绵不绝。③镞（zú）镞：突出貌。④蚋蚋（ruì）：蚊子。⑤嘈（zǎn）：叮咬。⑥茆（máo）：通"茅"，茅草。⑦麋（mí）鹿：亦称"四不像"。属鹿科，以水草和青草为食，是世界珍稀动物。⑧沉溺：溺水。⑨丹旐（zhào）：称"丹旐""铭旐"，即用写有死者姓名的旗幡，竖于柩前或敷于棺上，出丧时为棺柩引路。⑩怿（yì）：高兴，欢喜。⑪留滞（zhì）：停滞、停留。

译文

　　我迎着暮色沿江而行，隔着远山却望不见荆门。岘（xiàn）亭西南的山路曲折，林中栎树茂盛、乱石堆积。袅袅炊烟萦绕着米香、鱼香，我夜宿于客栈之中。南方的三月已是蚊虫滋生，黄昏时分蚊子声大得听不到人说话。生纱蚊帐像雾一样轻薄，蚊虫在耳边鸣叫、隔衣叮咬。等不及灯火亮起，破晓时分便乘船渡过蛮水。路上遇到一茅舍，有女子正在桐花摇落中开门扫地。犬吠声阵阵，寒溪烟起，乡里人家烧了竹子以便日后耕种。四川的天气炎热，云雨欲来，连石头也熏热了。麋鹿渡江而过，老虎纷纷出洞。大蛇路过的地方仿佛留下了一山的腥味，野牛惊跳起来竟导致双角折断。汉水间横隔着千万重山，山青水绿的地方就是荆门关。向前找人问这是什么地方，答是从前屈原在此沉溺。谁家的旐幡从南而来，遇到流离在外的人从此经过。明月高悬，山鸟却不栖落，啼叫着飞上高枝。主人因思念远方而心中不高兴，夜晚时分还穿着罗衫卧于章台。红烛摇曳，人们各自归去，酒醒时仍惊觉此时身在他乡。壮年时滞于远方尚会想家，何况现在我头发都白了仍流落天涯。

赏 析

　　全诗以时间为主线，对此次荆门之行的所闻、所见、所思进行了叙述。日暮时分，伫立江边，遥望远山，峰峦连绵却看不见荆门；岘亭西南，山路曲折蜿蜒。树林中，碧叶深深，乱石堆积。袅袅炊烟中看着做红米饭煮白鱼，羁旅他乡的孤客只能夜宿客栈。南方的三月，蚊蚋为患，生纱薄帐中，因被蚊虫叮咬和忧虑繁重，诗人一夜难眠，破晓时分又急急地唤了渡船远走。一路闻犬声、见茅舍，江水桐花，俨然如画，然而虫蛇四伏，鹿跳牛惊，凶险不言而喻。连问个路，也能被回道屈原自沉之处。而他这个流离在外的人，路上居然还碰到一起丧事，可谓不吉之至。及行至荆门，鸟不归枝，主人不怿，不禁酒醉。醒来后，旧愁未散，又添新愁。

　　末尾两句直接点题，道出了诗人独自远行、漂泊异乡的辛酸、无奈与孤寂，更表现了诗人的浓浓思乡之情。全诗构思奇巧，值得细细品味。

重寄①

[唐] 白居易

萧散②弓惊雁，分飞③剑化龙。
悠悠④天地内，不死会相逢。

注释

①重寄：一作"重寄元九"，元九即元稹。②萧散：萧条、凄凉。③分飞：各行前程。④悠悠：指遥远。

译文

我们好似弓弦惊飞鸿雁般离散，又如化龙的双剑分飞两地。可是辽阔悠远的天地之间，只要不死，你我就终会再相逢。

赏析

这是一首送别之作，字里行间充斥着慰友与自解的萧疏之气。

前两句写分离之景，诗人将自己与友人比作惊雁，因为一些不可言说的原因而分开了，又将这次离别比作龙泉太阿化龙分飞。龙泉、太阿是历史上两把著名的宝剑，传说在西晋时被张华与雷焕掘出，后因张华遇害，龙泉剑下落不明。雷焕的儿子雷华佩太阿剑出行，行至延平津时，太阿剑跃入水中，接着便有两条龙从水中交缠而出，腾入云层，"双剑化龙"的典故由此流传开来。

最后两句的慰解之词，诗人把空间限定在"天地内"，把时间限定在"不死"，将时空扩展到了自己所能知晓的极限来许下再见之约，令人动容。

诗词拾趣

在下面空白处填上合适的词语。

1. 离离原上 ☐ ，一岁一 ☐☐ 。

2. 几处 ☐☐ 争暖树，谁家 ☐☐ 啄春泥。

3. 日出 ☐☐ 红胜火，春来江水绿如 ☐ 。

4. 一道残阳铺 ☐☐ ，半江 ☐☐ 半江红。

端居①

[唐] 李商隐

远书归梦两悠悠，只有空床敌素秋② 。
阶下青苔与红树，雨中寥落③月中愁④ 。

🦋 **注释**

①端居：闲居。②素秋：秋天。③寥（liáo）落：稀疏衰落。④愁：发愁。

🦋 **译文**

远方的家书与归乡的梦境都没能得到啊，只有空空的床榻与我一起抵挡寂寥清冷的秋夜。连台阶下的青苔与庭中被秋霜染红的树，也在迷蒙的秋雨、冷冷的月光中衰残，使我愈加忧愁。

✿ 赏析

离乡日久，只有爱妻从远方寄来的书信才能聊以慰藉诗人心中难言的孤寂，但妻子的书信他已经很久都没有收到了，在这凄冷寂寥的秋夜，诗人唯有在梦中归乡，以解相思。然而悠悠醒转之后，举目四望，伊人不在，唯有一张空床独对寂寞。一个"敌"字，不仅形象地描绘了"空床"与"素秋"的对立，还将诗人秋夜思亲的悲寥刻画得入木三分。

耐不住心中的寂寥与室内的清冷，诗人移步室外，而随着他移的，不仅是景，还有情。在后两句中，诗人采用了互文错举的手法，"青苔"与"红树"、"雨中"与"月中"、"寥落"与"愁"相互错举，不仅表现了一种回环流动之美，更承接前一诗句，将悠悠思念表现得更加深刻。

哨遍·春词

［宋］苏轼

　　睡起画堂，银蒜①押帘，珠幕云垂地。初雨歇，洗出碧罗天，正溶溶养花天气。一霎暖风回芳草②，荣光③浮动，掩皱银塘水。方杏靥④匀酥⑤，花须⑥吐绣，园林排比红翠。见乳燕捎蝶过繁枝。忽一线炉香逐游丝⑦。昼永人闲，独立斜阳，晚来情味。

　　便乘兴携将佳丽。深入芳菲里。拨胡琴语，轻拢慢捻总伶利。看紧约⑧罗裙，急趣⑨檀板⑩，霓裳入破惊鸿起。翠月临眉，醉霞横脸，歌声悠扬云际。任满头红雨落花飞。渐鸦鹊楼⑪西玉蟾⑫低。尚徘徊、未尽欢意。君看今古悠悠，浮宦人间世。这些百岁，光阴几日，三万六千而已。醉乡路稳不妨行，但人生、要适情耳。

注释

　　①银蒜：银质蒜形帘坠，拴在帘幕下方，防止风将帘子吹起。②回芳草：芳草新绿。③荣光：在词中指草木的光泽。④靥（yè）：酒窝。⑤酥：护肤的面脂。⑥花须：花蕊。⑦游丝：尚未结成网的蛛丝。⑧紧约：紧束。⑨趣：趋，词中意为打节拍。⑩檀（tán）板：一种乐器，用檀木制成，用来定节拍。⑪鸦（zhī）鹊楼：南朝楼阁名，在今江苏南京。⑫玉蟾（chán）：代指月亮。

译文

　　画堂春睡起，拿银质蒜形帘坠压住帘脚，装饰着珠玉的帷幕如云般垂落在地上。雨下不久又停了下来，将天色洗得如碧罗般澄净，这真是适合花卉生长的和暖天气。一阵暖风吹来，芳草回绿，花木的光泽仿佛在浮动，池塘里的水也荡起银色的涟漪。杏花开得匀净细嫩，如美人脸上的酒窝，花蕊绽开若绣球，园林里到处是红绿相间的景色。只见雏燕掠过蝴蝶和繁枝，一缕香炉青烟逐绕着蛛丝。时近夏日，白昼长了，我独自在斜阳下伫立，体会着夜将到来的情味。

　　我不由得乘着游兴，携佳人进入花草繁茂的园林。佳人弹拨着胡琴如在低语，技巧娴熟地轻拢慢捻着。又有佳人紧束罗裙，按照檀板节奏而舞，《霓裳羽衣曲》的乐声进入高潮时，犹如受惊的鸿雁飞起。佳人眉似弯月，脸如醉霞，歌声悠扬悦耳直飞入云际。任由落花如红雨飘落，高楼西边的月亮渐渐地落下。人们依然流连于这美景佳期，欢意未尽。君可见古往今来的悠悠往事，都成了浮幻空虚的人间世事。百年人生，也不过只有三万六千日而已。醉梦中的世界，不妨走上一遭，人生短暂，何不纵情行乐。

赏析

　　这首长调大约作于北宋元丰元年（1078）春，当时，苏轼正担任徐州知州。之前，他曾要求外任，为了远离政治斗争与朝堂风波，他在带佳人一同游春时，作了此词。

　　上阕以绮丽的语言描绘出一幅春日美景。这幅春景图中，有静有动，色彩鲜明，真不愧是寻欢的好时节、好场地。下阕写词人携佳丽同游，观赏歌舞盛事，欢宴一直持续到月上西楼，词人仍觉未尽欢意。

词人陶醉在这般良辰美景之中，不禁生出感叹：君看今古悠悠，人生如逆旅，算来百岁也不过三万六千日，人生还是要尽兴尽欢，莫要辜负这大好时光。

这确实是一首热闹浓艳的长调，但在这纵情享乐的背后，隐藏着的却是苏轼的消沉与失望。词人在朝堂之上经历的风波，已经让他精疲力竭，他也只能用这样的方式来麻醉自己，让自己暂时忘却忧愁。

江城子·西城杨柳弄春柔

［宋］秦观

西城杨柳弄春柔。动离忧。泪难收。犹记多情，曾为系归舟。碧野朱桥当日事，人不见，水空流。

韶华①不为少年留。恨悠悠。几时休。飞絮落花时候、一登楼。便做春江都是泪，流不尽，许多愁。

注释

①韶（sháo）华：青春年华，又指美好的春光，即韶光。

译文

西城的杨柳在春日里娇柔弄姿，勾起了我心间那分离的忧愁，忍不住泪流。还记得当年你为我拴住归来的小舟，还记得那时绿色的原野、红色的小桥，而如今你已不在身边，只有水空流。

时光不会总停留在美好的少年时，离别的苦恨，何时才能停止？柳絮飘飞、落花满地时，我独自登上楼台，即使一江春水全都化作泪水，也流不尽，我心头许多忧愁。

🦋 赏 析

这首愁情词虚化了具体时空背景，由春愁、离恨写起，再写思念之愁和衰老之愁，仿佛将词人一生所经历的愁苦都浓缩在其中，富有表现力和艺术感染力。词人将愁恨之泪化作春江，尤其是末句"流不尽，许多愁"，极尽夸张之能事，此喻在李煜"问君能有几多愁，恰似一江春水向东流"的基础上，又翻出一层新意，表达出想排遣忧愁而不能的无限烦恼。

诗词拾趣

根据下面提供的字，请写出两句词。

雨	自	期	无	丝	飞
纤	云	细	金	梦	书
愁	边	佳	在	相	如
花	桥	似	风	紫	轻

句1

句2

淇奥①

《诗经·国风·卫风》

瞻彼淇奥，绿竹猗猗②。有匪③君子，如切如磋，如琢如磨。瑟兮僩④兮，赫兮咺⑤兮，有匪君子，终不可谖⑥兮！

瞻彼淇奥，绿竹青青⑦。有匪君子，充耳⑧琇莹，会⑨弁⑩如星。瑟兮僩兮，赫兮咺兮，有匪君子，终不可谖兮！

瞻彼淇奥，绿竹如箦⑪。有匪君子，如金如锡，如圭如璧⑫。宽兮绰兮，猗⑬重较⑭兮，善戏谑兮，不为虐兮！

注释

①奥（yù）：水边弯曲的地方。②猗（yī）猗：美而茂盛的样子。③匪：通"斐"，有文采。④僩（xiàn）：威严的样子。⑤咺（xuǎn）：有威仪的样子。⑥谖（xuān）：忘记。⑦青（jīng）青：通

"菁菁"，叶子茂盛的样子。⑧充耳：贵族头冠两旁以丝悬挂至耳的玉石。⑨会（kuài）：帽子缝合处。⑩弁（biàn）：古代男子所戴的一种帽子。⑪簀（zé）：通"积"，聚积，形容众多。⑫璧：正中有小圆孔的圆形玉器。⑬猗（yǐ）：通"倚"，依靠。⑭重（chóng）较：车厢上装饰有曲钩供人挂、靠的两重横木的车子。

译文

看那淇水弯曲的地方，绿竹修长美丽。有一位文采斐然的君子，研究学问如同将玉石切磋琢磨一般。他仪容庄重，神态威严，地位显赫，颇有威仪。如此文采斐然的君子，真是叫人难以忘记啊。

看那淇水弯曲的地方，绿竹青翠欲滴。有一位文采斐然的君子，美玉制成的饰物垂在耳边，宝石镶在帽上如星星闪耀。他仪容庄重，神态威严，地位显赫，颇有威仪。如此文采斐然的君子，真是叫人难以忘记啊。

看那淇水弯曲的地方，绿竹葱茏连成一片。有一位文采斐然的君子，犹如青铜器般精坚，又如玉制礼器般庄严。他宽容而旷达，倚靠着车厢疾驰向前，他的言谈幽默风趣，开玩笑时也没有人埋怨。

赏析

这是《卫风》的第一篇，是卫国人民在通过诗歌来赞颂一位有才华、有懿德、有身份的君子。据古书记载，这位君子应当是卫武公。

首章以河水弯曲处绿色的竹子起兴，兴中带比，以竹喻君子。接着赞颂了他的学问，"如切如磋，如琢如磨"，可见他治学严谨，学问极深。"瑟兮僩兮，赫兮咺兮"，表明了他地位显赫和仪态威严。"有匪君子，终不可谖兮"，这样德才兼备的好君子，是一定不能忘记的。

第二章与首章形成叠章，但描写的重点有所不同。这一章主要描写了这位君子华贵的装饰，看似在写穿着，实际仍是在赞美他的品德。

第三章前两句可以看成是首章的叠章，重点赞颂君子的言谈举止都显得很有修养，言谈风趣幽默。

全诗从才华学问、装饰打扮、言谈举止三个方面反复赞颂了人人仰慕的君子，使读者对他的印象更加深刻，也表现出卫国人民对贤明君主卫武公的崇敬和爱戴。

子衿①

《诗经·国风·郑风》

青青子衿，悠悠我心。纵我不往，子宁②不嗣③音？
青青子佩，悠悠我思。纵我不往，子宁不来？
挑兮达兮④，在城阙⑤兮。一日不见，如三月兮！

注释

①衿（jīn）：衣领。②宁（nìng）：难道。③嗣（sì）：本义为继承，这里引申为传递。④挑（tāo）兮达（tà）兮：独自来回走动。⑤城阙（què）：城门两旁的楼台。

🦋 译 文

你的衣领是青色的，我的心悠悠不断。纵然我没去看你，难道你就不传音讯？

你的佩带是青色的，我的情悠悠不断。纵然我没去看你，难道你就不能来？

我独自徘徊，在高高的城楼上呀。一天不见你呀，就好像是隔了三个月一样长。

🦋 赏 析

这首诗写了一位女子在思念情人。两个人大概是因为一点小事发生了争吵，女子认为对方很快就会原谅自己，可是对方却没有。女子总是有一点矜持的，她不好意思主动认错，而小伙子心眼儿有点小，也不肯罢休。所以女子心里感到些许忧伤，但是她还是深爱着对方的，非常希望能够见到对方。

前两章句式和意思基本是一样的，都以青色的衣领起兴。青色是一种略带忧郁的色彩，看到青色的衣领，女子心中便泛起了丝丝忧伤。忧伤都是因他而起的："他难道不知道我的一片苦心吗？即使我不去看你，可你身为男子，就不能主动一点来看我吗？"第三章写到女主人公终于忍耐不住想见他了，便独自一人爬到城楼上去，希望能看到自己的心上人路过城门。一个人在城楼上孤独地来回走动，怅然若失。最后，她还是忍不住发出"一日不见，如三月兮"的感叹。

此诗用兴自然妥帖，抒情质朴自然，细腻地描写出了这位女子思念恋人的复杂心理。

饮马长城窟行①

《古诗十九首》

青青河畔草，绵绵②思远道。

远道不可思，宿昔梦见之。

梦见在我傍，忽觉在他乡。

他乡各异县，展转③不相见。

枯桑④知天风，海水知天寒。

入门各自媚，谁肯相为言？

客从远方来，遗⑤我双鲤鱼⑥。

呼儿烹鲤鱼，中有尺素书⑦。

长跪读素书，书中竟何如？

上言加餐饭，下言长相忆⑧。

注释

①饮马长城窟行：乐府旧题。相传古长城边有可供饮马的水窟，故名。②绵绵：这里有双重含义，既可指绵

绵不断的青草，也可形容对征人绵绵不断的情思。③展转：意同"辗转"，指征人在他乡行踪无定，也可指思妇醒后难以入睡。④枯桑：这里指落叶后的桑树。⑤遗（wèi）：赠送。⑥双鲤鱼：指用刻成鲤鱼形的两块木板夹着书信。⑦尺素书：古人写文章或书信用的绢帛，长度多约一尺，称为"尺素"。⑧上言、下言：指书信的前后部分。

译文

河边的青青春草，连绵不断，一如我对远行丈夫的思念。远行的人不能终日思念，昨夜我就梦见了他。梦里他在我的身旁，梦醒时发现他仍在他乡。他乡有不同的地区，不知现在他又辗转漂泊到哪里，还是不得相见。桑树枯萎了仍能感知天风，海水也知道天气转寒。同乡的人都各自回家，有谁肯向我传递丈夫的讯息？有位客人从远方而来，带给我双鲤鱼形的信盒。我呼唤孩子打开信盒，发现里面是丈夫写的书信。恭敬地跪坐着阅读丈夫的信，不知丈夫在信中会说些什么。信的前一部分写要增加饭食保重身体，后一部分写他对我的思念。

赏析

《饮马长城窟行》是汉代乐府古题，关于作者历来有争议，在《文选》中记为"古辞"，在《玉台新咏》中署名蔡邕。全诗以思妇的口吻写出了她对远行丈夫的思念，而从题目可以看出，丈夫的远行应与服役有关。

诗歌语言清新质朴，通俗易懂，沿着思妇的感情脉络，我们仿佛可以感受到她那恍惚的情思，从凝望青草"思远道"，到夜晚"梦见之"；从梦里恩爱相伴，到梦醒时发觉"展转不相见"；从埋怨他人不肯传消息，到"客从远方来"的惊喜；从"长跪读素书"的恭敬肃然，到"上言加餐饭，下言长相忆"的感动及丈夫归期未明的怅然。

全诗运用梦境与现实相结合的书写形式，将思妇的情绪起伏和她对丈夫的相思之情表现得淋漓尽致。

送别

[唐] 王之涣

杨柳东风树，青青夹①御河②。
近来攀折③苦，应为别离多。

注释

①夹：指栽种在两侧。②御河：长安（今陕西西安）的护城河。③攀折：折取，古代有折柳枝送别的习俗。

译 文

春风中的杨柳树，沿着护城河两岸生长，是那样葱绿。最近被攀折得太过了，应该是因为离别的人太多了吧。

赏 析

诗的前两句写景，"杨柳""东风""青青"写春日时节，风吹杨柳，两岸青青，一派色泽明快的景致。而"杨柳"二字又与送别的主题呼应，美景与离别的相衬让人平添了几分伤怀。

后两句写得颇为精彩，诗人不明言自己送别的离愁别绪，而是从旁观者的角度写城外柳树的枝条被攀折太过，已经不易折取，因为近来送别的人太多了。"苦"字既写攀折柳枝之苦，也是暗指送别之苦，一字双关。柳枝不堪攀折之多，人又哪堪离别之苦？诗意又是双关。诗人虽未写明自己的情绪，但众人皆苦，何况自己？更衬托出了诗人送别的深情。后两句看似平淡，实则意味深长，诗人由自己离别而想到人世多别，托笔深情无限。

下列王之涣的诗句中，与送别有关的是？

☐ A. 今日暂同芳菊酒，明朝应作断蓬飞。

☐ B. 白日依山尽，黄河入海流。

☐ C. 黄河远上白云间，一片孤城万仞山。

☐ D. 相看两不厌，只有敬亭山。

诗词拾趣

送元二使安西①

［唐］王维

渭城②朝③雨浥④轻尘，客舍⑤青青柳色⑥新。
劝君更尽一杯酒，西出阳关⑦无故人。

注释

①送元二使安西：一作《渭城曲》。②渭（wèi）城：秦时咸阳城，在长安西北。③朝（zhāo）：早晨。④浥（yì）：浸润。⑤客舍：驿站，旅馆。⑥柳色：柳之绿色。柳与"留"谐音，寓惜别之情。⑦阳关：在今甘肃敦煌西南。

译文

渭城清晨的细雨湿润了浮尘，旅馆的青砖绿瓦和周围的柳树也显得格外清新。朋友啊，再饮一杯离别的酒吧，要知道西出阳关后，就难以见到老友了。

赏析

本诗开头两句，以简单明快的语言交代了送别的时间、地点、环境、氛围，着墨不多，但准确精练。渭城的清晨，细雨迷蒙，润湿了东西绵延、仿佛看不到边际的驿道。驿道旁、旅馆畔，依依杨柳，沐浴着清晨的雨丝，愈加青翠欲滴。景都是常见的景，但在王维笔下，却平添了几分如画的风韵。

后两句以劝酒辞来表意抒情：再喝一杯美酒吧，出了阳关，就再也见不到老朋友了！"一杯酒"不仅是饯行之酒，也是凝聚了挚友全部情感的琼浆。抒情并不算浓烈的劝酒辞，却将送别之情推向了高潮。

全诗遣词造句平淡质朴，但质朴的语言中却流溢着真挚深厚的感情，令人回味无穷。

寒食汜①上作

[唐] 王维

广武②城边逢暮春，汶阳③归客泪沾巾。
落花寂寂啼山鸟，杨柳青青渡水人。

注释

①汜（sì）：指汜水，流经广武城。②广武：古城名，原址位于今河南荥阳东北的广武山上。③汶（wèn）阳：汶水之北。汶水，即大汶河。

译文

广武城正值晚春时节，从汶水北面归来的我不由已泪湿衣襟。落花寂静无声地坠落，山中的鸟儿阵阵啼泣，江上渡水而过的人因岸边的青青杨柳而离愁顿生。

🦋 赏析

　　王维入仕不久，正准备大展宏图时，因见伶人舞《黄狮子》而得罪于天子，被贬至济州府，任济州司仓参军。王维离京赴任，一去四年，《寒食氾上作》便是其任满归京途经广武城时有感而作。

　　诗开篇平白浅近，直言归途情景，广武古城，春色萦怀，汶水汤汤，扁舟一叶，有归客伫立船头，望暮春之景，情不自禁，以泪沾巾。三、四两句中，诗人移情入景，借景抒情，在阐明为何泪落的同时，也抒发了胸中无尽的寂寥之情。"落花寂寂啼山鸟"以动衬静，以山鸟之啼鸣衬落花之寂静，营造出一种孤清的氛围。暮春花落，归人难免伤怀，而"渡水人"又见"杨柳青"，不禁想到前途未定，继而落泪，便也理所当然。杨柳本是离愁的象征，杨柳青青纵然美丽，对于伤心人来说，也只是徒增悲伤寂寥罢了。

◆ 诗 词 拾 趣 ◆

从下面词组中各选一个字，组成两句诗。

● 大雪纷飞　漠不关心　一意孤行　过眼云烟　直上云霄

● 天长地久　信口开河　落花流水　风和日丽　花好月圆

句1	
句2	

诉衷情·东风杨柳欲青青

[宋] 晏殊

东风杨柳欲青青。烟①淡②雨初晴。恼③他香阁浓睡，撩乱④有啼莺。

眉叶细，舞腰轻。宿妆⑤成。一春芳意，三月和风，牵系人情。

❧ 注 释

①烟：柳烟。②淡：淡远，疏淡。③恼：恼恨，恼怒。④撩乱：使人心情烦乱。⑤宿妆：隔夜未整的残妆。

❧ 译 文

春风吹拂，杨柳初发青芽，柳烟淡淡，雨后初晴时的柳色愈加翠意清新。女子在香阁中思睡不起，更对惊醒她的莺啼心生恼恨。

她的眉毛好像纤细的柳叶，袅娜的腰肢也如轻摇的柳枝，她仍留着昨夜的残妆，无心梳洗。只因柳梢枝头的春意，三月和暖的春风，都在牵动着她的情思。

❧ 赏 析

晏殊是北宋词坛大家，尤擅小令，文风婉丽，含蓄优雅。

上阕初起笔，便绘出一片明媚春光：东风微微，杨柳轻拂，柔嫩的柳枝在风中愈显春意袅娜。虽尚未成荫，但新雨过后，晴岚如画，柳烟疏淡，别有一番迷蒙的逸趣。下一句，词人笔锋陡转，一个"恼"

字，点睛传神，道出了春闺女子被啼莺惊梦之后的无限恼恨与幽怨，以乐景衬哀情，对比尤其浓烈。

下阕承上，"眉叶细，舞腰轻。宿妆成"，既绘出了杨柳的婀娜多姿，又写出了闺中女子的窈窕纤丽，在咏柳的同时写人，两者互相叠印，互为晕染。但美人如柳，面对烂漫春光，却懒于梳妆，一句"宿妆成"，用含蓄的笔法表达出了女子深沉的哀怨。

全篇以柳始、以柳终，前后相合，又巧妙地以纤细的柳丝暗喻复杂缭乱的闺中怨思。物与人相映，情与景相谐，别有一番风致。

清平乐①·留人不住②

[宋] 晏几道

留人不住。醉解兰舟去。一棹③碧涛春水路。过尽晓莺啼处。

渡头杨柳青青。枝枝叶叶离情。此后锦书④休寄，画楼云雨无凭。

注释

①清平乐（yuè）：词牌名。②留人不住：留不住心上人。③棹（zhào）：船桨。④锦书：据《晋书》记载，窦滔的妻子苏蕙曾在锦上织出回文诗寄给他。后世就以锦字或锦书比喻爱人之间的情书。

译文

苦苦留他却留不住，他酒醉后登上小船离去。春江中碧波荡漾，小船乘风疾驶，这一路上尽是黄莺歌唱的声音。

渡口只剩下郁郁青青的杨柳，枝枝叶叶都是别意离情。此后不必再寄来书信，画楼里的云雨欢情不过是一场梦境，空空无凭。

赏析

这首词拟托为妓女送别情人之作。开篇即言"留人不住"，可见女子有挽留之诚意，但对方去意已决，双方的态度形成鲜明对比，为后文的怨语埋下了伏笔。

第三、四句写女子想象情人一路上所经历的风光，与女子愁苦的心情再次形成对比。"渡头杨柳青青"遥应"留人不住"，是兰舟既发后渡头空余的景物，由于被女子主观的情绪所感染，因此"枝枝叶叶"仿佛都含着离情。

结尾两句笔调陡然一转，变离愁为决绝。"此后锦书休寄"，看起来是要割断感情的联系，其实是负气之语，也暗含着一种难以言明的隐痛。"画楼云雨无凭"既是对眼下别离情形的怨语，也是对自身低微的社会地位、不幸的命运和感情生活的一种抱怨。

全词一波三折，在"多情—埋怨—绝望"的过程中，将一种不忍割舍的痴情成功地表现出来。

应天长^①·条风^②布暖

［宋］周邦彦

条风布暖，霏雾弄晴，池塘遍满春色。正是夜堂无月，沉沉暗寒食。梁间燕，前社客^③。似笑我、闭门愁寂。乱花过，隔院芸香，满地狼藉。

长记那回时，邂逅^④相逢，郊外驻油壁^⑤。又见汉宫传烛，飞烟五侯宅^⑥。青青草，迷路陌。强载酒、细寻前迹。市桥远，柳下人家，犹自相识。

注释

①应天长：词牌名。有小令、长调两种词体。②条风：暖融融的春风。③前社客：指燕子。④邂逅（xiè hòu）：不期而遇。⑤油壁：一种华丽的车，车厢壁涂油。⑥又见汉宫传烛，飞烟五侯宅：化用唐代韩翃

《寒食》诗句，"春城无处不飞花，寒食东风御柳斜。日暮汉宫传蜡烛，轻烟散入五侯家"。

💠 译文

　　春风送来暖意，薄雾消散，露出一片晴空。池塘里水绿草青，到处是迷人的春色。正值寒食节，夜色沉沉，黯然无月，我独自闭门度日。梁间停留的燕子，去年也曾经来过。它一声声都仿佛在嘲笑我的忧愁和孤寂。花儿随风飞过墙去，墙里墙外香气四溢，满地残花堆积。

　　还记得那一年寒食节，我们在郊外偶然相遇。你的油壁车曾为我停驻。如今又到寒食节，宫廷中又开始传赐蜡烛，王孙的宅院中依旧飞出青烟。芳草依然青青，却已迷失前路。醉酒的我仔细寻找往日的踪迹。终于在市桥柳荫深处，寻到了那处宅院。

💠 赏析

　　全词从寒食节令写起，转入忆事，在回忆中抒发了真挚刻骨的情感。起笔三句描写了一幅春风骀荡、雾霭霏霏、芳草青青的寒食春色，"正是"几句点明词人所处的环境，无边的夜色喻示词人心灵的沉重，而落红遍地、满目狼藉的现状，不由得引发词人极度的哀怨。

　　下阕以"长记那回时"引出了回忆，但是对于往事的描写只有这三句匆匆带过。"又见"二字将镜头转回今日的情景，丛生的芳草已将当年邂逅的小路淹没，然而词人却仍旧固执地追寻，这使得全词蒙上了一层浓浓的悲剧色彩。结尾三句明写市桥远处的柳下人家，曾有过相知相恋的一对情侣，实写物是人非、空自悲伤的情怀。词人以错综交织的时空变化和扑朔迷离的意脉转接，把一首寂坐悬想之词，写得空淡深远，读来如饮醇酒，余味不绝。

城南

〔宋〕曾巩

雨过横塘①水满堤，乱山高下②路东西③。
一番④桃李花开尽，惟有⑤青青草色齐⑥。

📖 **注 释**

①横塘：古堤名，在今江苏南京秦淮河南岸。②乱山高下：山峦高低起伏。③路东西：指山上的东西两向山路。④一番：一阵。⑤惟有：只有。⑥齐：平整，整齐。

📖 **译 文**

大雨过后，横塘的水涨过堤岸，绕过高低起伏的山峦，分东西两

路奔流而去。桃花和李花绚烂地开放后，此时已随雨凋落，如今只剩下碧绿的春草，摇曳着生机。

赏析

这首七言绝句是诗人雨后对城南所观之景的描写，前两句着重写雨过之后，秦淮河的水涨了许多，快要漫过堤岸；而远处山峦之上，高低不平，东西两向各有一条蜿蜒的山路。这里以"水满堤"来具体写雨的汹涌磅礴，又用"过"字写出雨来去匆匆。雨过天晴，空气明净，群山都褪去了遮隐的云烟，显露在诗人面前，山峦高低起伏，隐隐约约能看到东西两向山路。

后两句可谓诗人观景偶得，如神来之笔。这里将"桃李凋谢"与"青青草色"做对比，巧妙地表现出桃李之花纵然鲜艳美丽，但生命力很弱；小草虽然质朴，却有着顽强的生命力。

纵观全诗，语言流畅优美，质朴无华，后两句通过对比向读者揭示了一个颇有趣味的哲理。这也是宋代诗歌以"筋骨思理取胜"的表现。

下列诗句中，哪一句不是描写雨后景致的？

☐ A. 空山新雨后，天气晚来秋。

☐ B. 夜来风雨声，花落知多少。

☐ C. 水光潋滟晴方好，山色空蒙雨亦奇。

☐ D. 乱花渐欲迷人眼，浅草才能没马蹄。

诗词拾趣

长亭怨慢①·渐吹尽

[宋] 姜夔

予颇喜自制曲，初率意为长短句，然后协以律，故前后阕多不同。桓大司马②云："昔年种柳，依依汉南；今看摇落，凄怆江潭；树犹如此，人何以堪！"此语予深爱之。

渐吹尽、枝头香絮，是处人家，绿深门户。远浦萦回，暮帆零乱向何许？阅人多矣，谁得似长亭树。树若有情时，不会得青青如此！

日暮，望高城不见③，只见乱山无数。韦郎去也，怎忘得玉环分付④。第一是早早归来，怕红萼无人为主。算空有并刀，难剪离愁千缕。

注释

①长亭怨慢：这是姜夔（kuí）的自度曲，双阕九十七字。②桓大司马：东晋桓温。其北征时见昔年在故园所植树已十围，便慨叹说"树犹如此，人何以堪"。姜夔序中所引的前四句是庾信《枯树赋》里的话。③望高城不见：唐欧阳詹在太原与一妓女相恋，别时赠

诗云"高城已不见，况复城中人"。④"韦郎"两句：唐代韦皋与青衣玉箫有情，别时赠玉箫一指环，相约来迎娶，但终不来，玉箫绝食而死，后韦得一歌伎，长得极像玉箫，且中指有肉隆起一圈，正如一枚指环。

译 文

我十分喜欢自创曲调，先是随意写下长长短短的句子，然后谱上音律，因此前后所作的词多有不同。桓大司马曾说："往年曾在汉南种下依依柳树，今日看已摇落枯萎，江边一片凄怆景象。树尚且抵抗不了时间的流逝，人又以何来面对！"我深爱这段话。

春风渐渐吹尽了枝上散发着淡香的柳絮，在浓密的柳荫深处有一户人家。远处的河浦弯曲回绕，暮色里的船只来来往往，究竟去向何处？看多了人间的离别，谁能像长亭的柳树？柳树若是也有感情，它定不会长得如此青绿。

天色已黄昏，望不见高耸的城郭，只看得见群山上层层叠叠的岩石。韦郎离去后再没回来，玉箫却从未忘记他留下玉指环时的许诺。而她也正切切叮嘱："第一要紧的就是你要早早归来，我怕像红萼一样无人可以依附。"纵然有并州制造的锋利剪刀，也难以剪断那千万缕离愁。

赏 析

姜夔二十多岁时曾在合肥与歌女相识乃至相恋，别后便常寄托于词，这也是其中一首。

上阕先以柳树写起，从"渐吹尽"便知已是暮春时节，而"绿深门户"则更是一番葱郁景象，一个"深"字，把绿树掩映、院宇深杳的情景表现得极为鲜明。这时，词人在正经受离别之苦，而柳树仍是葱葱绿意，"阅人多矣"的柳树会不会被愁绪所缠绕呢？有情的词人理当有此痴情的一问！

下阕云"望高城不见"，隐含着"何况城中人"的意思。而"见乱山无数"，一个"乱"字亦极形象，正由此字，我们可以感受到，词人自己的内心是如何之"乱"。所以在结句里他才会感慨万千地说："算空有并刀，难剪离愁千缕"，一片痴情与伤心，溢于言表。

扬州慢①·淮左名都②

[宋] 姜夔

淳熙丙申至日，予过维扬，夜雪初霁，荠麦弥望。入其城，则四顾萧条，寒水自碧。暮色渐起，戍角悲吟。予怀怆然，感慨今昔，因自度此曲。千岩老人以为有黍离之悲也。

淮左名都，竹西③佳处，解鞍少驻初程。过春风十里④，尽荠麦青青。自胡马窥江去后，废池乔木，犹厌言兵。渐黄昏，清角吹寒，都在空城。

杜郎⑤俊赏，算而今、重到须惊。纵豆蔻词工，青楼梦好，难赋深情。二十四桥仍在，波心荡、冷月无声。念桥边红药⑥，年年知为谁生？

注释

①扬州慢：姜夔自制曲，咏扬州事。②淮左名都：指扬州。宋朝的行政区设有淮南东路和淮南西路，扬州是淮南东路的首府，故称淮左名都。③竹西：古亭名，以唐代诗人杜牧"谁知竹西路"命名，故址在今扬州市。④春风十里：出自杜牧诗"春风十里扬州路，卷上珠帘总不如"。⑤杜郎：指杜牧。⑥念桥边红药：二十四桥边生有红芍药花，又名"红药桥"。

译文

淳熙年丙申月冬至的这一天，我路过扬州。夜雪初晴，放眼望去看到的是一片片青青荠麦。进了扬州城，城内十分萧条，河水凄冷。天色逐渐晚了，城中又响起了凄凉的号角声。我听着十分伤心，感慨于扬州城由繁华转为荒凉的变化，便创作了这首曲子。千岩老人听后，认为这首词和《诗经》中感慨兴亡的《黍离》一样悲凉。

在淮南东路的著名都会扬州，有一座景色上佳的竹西亭，我解鞍下马在此稍事停留。这里曾是十里春风、繁华热闹的地方，现在却长满了青青的荠麦，一片荒凉。自从金兵侵略长江后，扬州只留下荒废的池台和损毁的乔木，至今都不愿再谈论那场残酷的战争。天色渐近黄昏，凄凉的号角声回荡在这座空城。

杜牧俊赏，料想他如今再来，也会感到震惊。纵然他的"豆蔻"词作精妙，"青楼"诗梦美好，也定难抒写这悲怆之情。二十四桥依然在那里，桥下江水荡漾，月色凄冷，四周寂静无声。想那桥边红色的芍药花，不知一年年是在为谁而绽放？

赏析

这首词写于南宋淳熙三年（1176），

记叙了姜夔途经扬州时的所见所闻。开篇一句，姜夔先点明自己所在的地点是扬州这座淮南名城，接下来则描述了春天里的扬州，现在已没有了当年的歌舞繁华，到处是野生的荠麦，曾经的亭台楼阁连一点痕迹都找不到了。望着眼前被金兵铁骑蹂躏过的城市，词人的心中不禁涌起了万千的感慨。而正当他沉浸在哀痛之中的时候，黄昏的戍楼上鼓角幽咽响起，传遍了整座空城。

转至下阕，姜夔明写杜牧，实写自己，扬州的繁华已一扫无迹，这种变化对于他来说是出乎意料的，他的内心受到了难以言说的冲击。二十四桥依然如故，吹箫的女子却无可寻觅，只剩下桥下一湾流水映照着月光，凄凄冷冷，毫无声息，那桥边的红芍药花仍在一年年地不知为谁开放……这一切无不充斥着姜夔对时过境迁、物是人非的惋惜之情。

赤阑红衣

古时，"夔"指的是掌管音律的官员。以"夔"为名的姜夔也与音乐有一段不解之缘。

虽然家世清寒，但姜夔从小就很有音乐天赋，精通各种乐器，还能自己填词作曲。有一年，姜夔途经合肥时，在赤阑桥边的歌坊听到有人弹奏《关山月》。琴声呜咽，令人倍感凄凉。寻着琴声，姜夔见到了一位身姿婀娜的红衣女子。两人一见钟情，后常常在桥上约会，一起弹琴，探讨音乐，琴瑟和鸣，仿佛一对神仙眷侣。

可惜，造化弄人，姜夔最后还是遵从长辈之命，娶了名士萧德藻的侄女为妻，只留下"赤阑红衣"的凄美传说。

画中诗，诗里画

　　诗中有画，画里藏诗。考眼力的时候到了，你能根据提示的关键字，写出藏在图画里面的三联古诗词吗？

日

莲

逢

渡易水歌①

[先秦] 荆轲

风萧萧②兮③易水④寒，壮士⑤一去兮不复还⑥。
探虎穴兮入蛟宫⑦，仰天呼气兮成白虹⑧。

📖 注释

①渡易水歌：也作《荆轲歌》。②萧萧：形容风声。③兮：语气助词。④易水：在今河北易县，是当时燕国的南界。⑤壮士：指荆轲。⑥复还：一作"复返"。⑦蛟（jiāo）宫：龙宫。诗的后两句疑为后人补作。⑧白虹：指日月周围白色的晕圈，亦指宝剑名。

📖 译文

风声萧萧，易水寒凉，壮士这一去啊，再也不回返！刺杀秦王这件事就像探虎穴、捣龙宫一样艰难，但壮士仰天吐气啊，能凝成锋利的白虹宝剑。

赏析

这首《渡易水歌》只有前两句广为流传，因此后两句疑为后人补作，它描写了荆轲刺秦王前出发时的情景，故又名《荆轲歌》。

风声萧萧，易水寒凉，诗歌开篇就渲染了一种苍凉肃杀的氛围，为后一句抒发临别之际的情绪做了铺垫。然而，次句的重点却不是离别，其诗眼实在于"壮士"二字，这声"壮士"一出，瞬间将本应缠绵、伤感的离别，化作了一片英雄孤勇的悲壮情怀。而"不复还"，既意味着此去艰险，壮士可能难以生还，令人痛惜、不舍；同时也透露出壮士慷慨赴国难、不成功便成仁的坚定决心。

后两句紧承前一诗句，点明荆轲去刺杀秦王，就如同探虎穴、入龙宫一般艰难，但是壮士的勇气与胆魄，足以凝成一柄锋利的宝剑，刺向敌人的胸间！

诗歌语言浅近直白，风格慷慨悲壮，气势凛然，读之令人凄怆，亦令人拍案。

下面诗句中，与"荆轲刺秦"无关的是？

☐ A. 此地别燕丹，壮士发冲冠。

☐ B. 至今幽蓟秋风道，依旧萧萧易水寒。

☐ C. 烽火连三月，家书抵万金。

☐ D. 贯日白虹可奈何，书生容易笑荆轲。

诗词拾趣

兵车行

[唐] 杜甫

车辚辚①，马萧萧，行人②弓箭各在腰。

耶③娘妻子走相送，尘埃不见咸阳桥④。

牵衣顿足拦道哭，哭声直上干⑤云霄。

道旁过者问行人，行人但云点行⑥频。

或从十五北防河，便至四十西营田⑦。

去时里正⑧与裹头，归来头白还戍边。

边庭流血成海水⑨，武皇⑩开边意未已。

君不闻，汉家山东⑪二百州，千村万落生荆杞。

纵有健妇把锄犁，禾生陇亩无东西。

况复秦兵⑫耐苦战，被驱不异犬与鸡。

长者虽有问，役夫敢申恨？

且如今年冬，未休关西卒。

县官急索租，租税从何出？

信知生男恶，反是生女好。

生女犹得嫁比邻⑬，生男埋没随百草！

君不见，青海头，古来白骨无人收。

新鬼烦冤旧鬼哭，天阴雨湿声啾啾⑭。

注释

①辚(lín)辚：车子行走时发出的声音。②行人：行役的人，即出征的战士。③耶：通"爷"，指父亲。④咸阳桥：故址在今咸阳西南。⑤干(gān)：冲犯。⑥点行：按户籍名册抽丁入伍。⑦营田：即屯田，利用兵卒或民众在驻扎地区种田，以取得军饷。⑧里正：即里长，唐朝以百户为里，每里置里正一人。⑨边庭流血成海水：这句竭力形容征战兵士牺牲的惨重。边庭，边远地区，指边疆。⑩武皇：汉武帝，这里用来隐指唐玄宗。⑪山东：战国、秦、汉时称崤山或华山以东地区为山东。⑫秦兵：关中兵，关中为古秦地。⑬比邻：同乡。比，古代以五家为一比。⑭啾(jiū)啾：形容凄厉的叫声。

译文

兵车的轮子滚滚，战马萧萧嘶鸣，士兵们的弓箭挂在腰间。父母妻儿都跑来相送，行军时扬起的尘土弥漫，看不见咸阳桥。亲人们牵衣顿足拦路痛哭，哭声直上天空冲入云霄。路旁经过的行人询问原因，回答说官府征兵太过频繁。有人十五岁就到黄河以北去戍守，四十岁还要被派到河西去营田。出发时年少，还要里长替他裹头巾，回来时都满头白发了还要去戍边。边疆战士已经血流成河，但皇帝开拓边疆的念头还没停止。

你没听说，汉家华山以东两百州，千村万落现在已是野草丛生、田地荒芜。即使有健壮的妇人可以手拿锄犁来耕种，田里的庄稼也还是东倒西歪不成行。更何况关中的士兵吃苦耐劳、作战勇猛，在战场被人驱赶像鸡狗一样卖命。在上者虽有垂问，可征人哪敢诉说心中的愤恨？就比如说今年冬天，关西兵仍在打仗不曾休整。官府急迫地催逼百姓交租，可租税从哪里出？百姓现在确实知道生男孩是坏事情，反而不如生女孩好。生下女孩还能嫁给近邻，生下男孩只能战死沙场埋葬在荒草丛。你没看见在那青海的边上，自古以来白骨遍野无人收埋。那里的新鬼含冤、旧鬼痛哭，阴天冷雨时的哀号是多么凄厉。

赏析

这是杜甫"即事名篇"之作。唐天宝十载（751），鲜于仲通攻南诏，大败，"士卒死者六万人……人闻云南多瘴疠，未战，士卒死者什八九，莫肯应募"。为了补充兵源，杨国忠甚至遣御史分道捕人，带枷送军。于是出现了震人心弦的巨幅送别图：兵车隆隆，战马嘶鸣，一队队被抓来的穷苦百姓，换上了戎装，佩上了弓箭，在官吏的押送下，开往前线。征夫的父母妻儿乱纷纷地在队伍中寻找、呼喊自己的亲人，扯着亲人的衣衫，边叮咛边哀号。车马扬起的灰尘，遮天蔽日，连咸阳西北横跨渭水的大桥都被遮没了。千万人的哭声汇成震天的巨响在云际回荡。

全诗揭示了唐朝统治者穷兵黩武给百姓带来的巨大灾难，激昂悲愤，感人肺腑。

后出塞五首（其二）

[唐] 杜甫

朝进东门营①，暮上河阳桥②。

落日照大旗，马鸣风萧萧。

平沙列万幕③，部伍④各见招。

中天悬明月，令严夜寂寥。

悲笳⑤数声动，壮士惨不骄。

借问大将谁，恐是霍嫖姚⑥。

🦋注释

①东门营：军营在洛阳城东门，故曰"东门营"。②河阳桥：在河南孟津，位于黄河之上。西晋杜预所造，为通河北的要津。③万幕：指军帐千万。④部伍：军队。⑤笳（jiā）：古代的一种乐器，声音悲凉。⑥霍嫖（piáo）姚：西汉大将霍去病。嫖姚，同"剽姚"，霍去病曾任剽姚校尉。

🦋译文

早上进入洛阳的东门营，黄昏时就到了黄河上的河阳桥。落日余晖照在军旗上，战马的嘶鸣在萧萧风声中回响。广阔的沙地上排列着千万顶军帐，将士们纷纷回到各自的营地。天上高悬着一轮明月，军令严整无人喧哗，营地里一片寂寥。忽然传来几声悲凉的胡笳，壮士们内心凄凉，失去了往日的骄纵。请问这里的统帅是谁呢？恐怕只有剽姚校尉霍去病可比了吧。

赏 析

《后出塞五首》写于唐天宝十四载（755），正是安禄山起兵造反之初。该组诗借一个投兵的游侠经历，展现出一段乱世剪影。这首诗为第二首，此时主人公还未察觉主将的谋逆之心，而是由衷地赞美着这支军纪严明的军队。

"朝进东门营，暮上河阳桥"两句将士兵应募赴军的过程交代清楚。接着，诗人化用《诗经》中的"萧萧马鸣"一句，将边塞苍凉壮阔的景象描摹出来。"平沙列万幕，部伍各见招"写出平地上瞬间拔起了千万顶军帐，将士们回到自己的营地中。之后，诗人又进一步强调军队的严整：明月高悬，主将军令如山，军中无人敢喧哗，只留下一片寂静。胡笳吹响，凄凉悲伤的声音令壮士们内心悲凉，毫无骄纵之气。

最后，诗中主人公由衷感叹：这坐镇千军的大将是哪一位呢？恐怕也只有西汉剿姚校尉霍去病可与他相比了吧。但也正是这样一支军纪严明的军队，却成了谋反的主力部队，细思起来，更加让人不寒而栗，芒刺在背。

诗词拾趣

在下面的空白处填上合适的字词。

1. 新丰美酒斗 □□ ， □□ 游侠多少年。

2. 葡萄 □□ 夜光杯，欲饮 □□ 马上催。

3. 秦时明月 □ 时关，万里 □□ 人未还。

4. 黄沙百战穿 □□ ，不破 □□ 终不还。

凉州①馆中与诸判官夜集

[唐] 岑参

弯弯月出挂城头，城头月出照凉州。
凉州七里②十万家，胡人半解③弹琵琶。
琵琶一曲肠堪断，风萧萧兮夜漫漫。
河西④幕中多故人，故人别来三五春。
花门楼⑤前见秋草，岂能贫贱相看老。
一生大笑能几回，斗酒相逢须醉倒。

注释

①凉州：唐朝河西节度府所在地，治所位于今甘肃武威。②里：一作"城"，见《岑嘉州诗笺注》。③解：明白，懂得。④河西：汉唐时指今青海、甘肃两省黄河以西的地区，即凉州，这里是指河西节度府。⑤花门楼：指凉州馆舍的楼房。

译文

弯弯的月亮悬挂在凉州城头，月光照着整个凉州。凉州方圆七里有近十万户人家，这里的胡人一半都会弹琵琶。一首琵琶曲简直令人肝肠寸断，只觉得风声萧萧、长夜漫漫。河西幕府里有我许多故友，自分别以来已有三五年未见。如今在花门楼前又见秋草，哪能看着彼此在毫无建树中老去呢？一生中能有几回开怀大笑，今日难得相逢必须痛饮醉倒。

赏析

此诗是唐天宝十三载（754）诗人奔赴北庭，途经凉州，与供职于河西幕府的好友们欢聚时所作。

本诗开头描摹了欢宴之夜、月照凉州的边塞景致。前后两句，两用"月出"，两缀"城头"，一"挂"一"照"，虽质朴，却将月亮渐次升起的过程描写得淋漓尽致；同时，顺着月光与城头，凉州的景象也缓缓铺开。

随后，诗人对月下凉州的全貌做了细致、具体、生动的勾勒。"七里十万家"写出了凉州这座西北重镇的气派与繁华。"胡人半解弹琵琶"既写了凉州的歌舞升平，从侧面反映出了其社会安定；又写了其地的民俗，字里行间洋溢着浓浓的边塞风情。

后六句写老友相聚的情景与感悟，结句"一生大笑能几回，斗酒相逢须醉倒"，形象生动而豪气纵横，使人如闻那爽朗豪迈的笑声。

秋日赴阙题潼关驿楼

［唐］许浑

红叶晚萧萧，长亭①酒一瓢。
残云归太华②，疏雨过中条③。
树色随关迥④，河声入海遥。
帝乡⑤明日到，犹自梦渔樵。

注释

①长亭：古时道路每十里设一个长亭，供行旅之人休息。②太华：华山，在今陕西华阴境内。③中条：指中条山，在今山西永济东南。④迥（jiǒng）：远。⑤帝乡：指长安。

译文

晚风吹得红叶萧萧而落，长亭中痛饮下别酒一瓢。天上的残云飞回到华山上，稀疏的细雨越过了中条山。苍苍树色随城关一路远去，黄河咆哮着流向遥远的海洋。明日我就要抵达京都长安，但我仍向往着故乡的渔樵生活。

赏析

这首五言律诗是许浑第一次去长安应试，路过潼关时所作。

首联点明了诗人途经此地的季节——秋日，红叶萧萧，长亭饮酒，在客途旅况中透露出一缕悲凉意绪。"残云归太华，疏雨过中条"，诗人举目四望，残云萦绕在太华山腰，而天已微晴，与华山遥相呼应的中条山，疏雨乍过，愈见清峻，"归"和"过"中有动势，在浩茫无际的沉静中显出了一抹飞动的意趣。"树色随关迥，河声入海遥"，当诗人将目光收回时，靠近关城，树木曲折纡绕，关城之下，黄河奔涌，声若急雷，愈远愈弱。眼中的树色、耳中的河声，带给读者一种身临其境的真实感。"帝乡明日到，犹自梦渔樵"，虽然明日便至长安，但诗人特意声明自己并非为功名利禄而来，"渔樵一梦"，含蓄委婉，以此作结，可谓奇情别出。

渔家傲·荷叶田田①青照水

[宋] 欧阳修

荷叶田田青照水。孤舟挽②在花阴底。昨夜萧萧疏雨坠。愁不寐③。朝来又觉西风起。

雨摆风摇金蕊碎。合欢枝④上香房⑤翠。莲子与人长厮类⑥。无好意。年年苦在中心里。

注 释

①田田：形容荷叶相连的繁茂景象。②挽：系。③不寐 (mèi)：整晚失眠。④合欢枝：词中指莲茎。⑤香房：莲蓬。⑥长厮类：颇为相似。

译 文

茂盛的荷叶青翠，映照着绿水。一叶孤舟停在花荫之间。昨夜风雨潇潇，我因忧愁而难以入睡，今晨又发现秋风已吹起。

风吹雨打使得荷花凋落，合欢枝上有莲蓬青翠。莲子与人一样，没有欢喜，总是一年年地苦在心里。

赏 析

词作开篇两句写青青莲叶与清清湖水相照映，给人以视觉上的清凉感。而一叶孤舟栖在荷花花荫中，让整个画面都生动起来。"昨夜萧萧"三句写昨夜的雨，敲打着窗棂与屋檐，整夜未眠的人，早晨起来，忽觉天气转凉，西风已至。词人将笔墨忽然从荷塘孤舟转移到昨夜疏雨上，虽出乎意料，意境上却十分和谐统一。

下阕将荷塘与夜雨关联起来：风雨之中，荷花随之摇摆，嫩瓣柔蕊饱受摧残。花瓣凋谢之后，莲茎之上擎起一只碧绿的莲房。词中的主人公见此情景，不由喟叹道：莲子与人相似，年年到头，没有欢喜之意，心中总是苦涩的。但主人公为何而愁，词人并未挑明，而是把答案隐藏在田田荷叶、潇潇夜雨中。这种含蓄隐晦的表达，正是这首诗的魅力所在。

◆ 诗词拾趣 ◆

根据下面提供的字，请写出两句诗。

月	平	约	湖	真	梢
二	后	上	共	梨	昏
西	荷	春	出	柳	拂
头	青	人	黄	坎	声

句1

句2

摊破浣溪沙①·病起萧萧②两鬓华

[宋] 李清照

病起萧萧两鬓华，卧看残月上窗纱。豆蔻③连梢煎熟水，莫分茶④。

枕上诗书闲处好，门前风景雨来佳。终日向人多酝藉⑤，木犀花⑥。

注释

①摊破浣溪沙：又名《山花子》。原本是唐教坊曲名，后用作词牌名。②萧萧：这里是用来形容头发花白、稀少的样子。③豆蔻（kòu）：药物名。④分茶：一种茶戏。把茶汤用茶匙取出来，分别倒入盏中饮用。⑤酝藉（yùn jiè）：宽容有涵养。⑥木犀（xī）花：桂花。

译文

久病后，本已稀疏的鬓发又添了几根白发，卧在床榻上看着残月渐升，照在窗纱上。将连梢的豆蔻煎成沸腾的汤水，分茶这种事就不做了。

靠在枕上品读诗书是多么闲适，门前的景色在雨中显得更美。整日陪伴着我的，正是那深沉含蓄的木犀花。

赏析

本词首句透露出词人久病卧床的生活状态，"病起"二字点明已是久病渐愈。词人生了一场时日绵长的大病，当再次起身时，才发现自己头发又白了不少。所叙之事虽寻常不过，却于闲事中牵出淡淡的怅惘之情来，于不动声色之中将读者带入情境。而晚看"残月"、日食"豆蔻连梢煎熟水"，生活气息浓郁而细致。

至词之下阕，词人将病情收起，关注起自己的"闲情"来：每天倚靠在枕上读着诗书，其情悠然自在。门前之景看得久了渐渐失去兴趣，偶然而来的一场雨，则使原本看腻的景致，有了新奇的感觉。词末"终日向人多酝藉，木犀花"，运用拟人手法，本来是自己日日看花，却说木犀花终日"向人"，使得木犀花饱含情韵。

通读全词，朴素的语言极好地与词人的心态相吻合，自有一种情浅意深的别致美感。

鹧鸪天·寒日萧萧上锁窗①

[宋] 李清照

　　寒日萧萧上锁窗，梧桐应恨夜来霜。酒阑②更喜团茶苦，梦断偏宜瑞脑③香。

　　秋已尽，日犹长。仲宣④怀远更凄凉。不如随分尊前醉，莫负东篱菊蕊黄。

注 释

①锁窗：镂刻着连锁纹饰的窗户。②酒阑：酒酣。③瑞脑：龙涎香，也叫龙脑香。④仲宣：王粲，字仲宣，"建安七子"之一。其《登楼赋》在文坛享有盛誉。

译 文

深秋惨淡的阳光渐渐照到花窗上，梧桐树也应怨恨夜晚袭来的寒霜。酒后更喜欢品尝团茶的苦味，梦醒时特别适宜嗅闻龙涎香。

秋天快要过去了，依然觉得白天十分漫长，比起王粲《登楼赋》中的怀乡情，我觉得更加凄凉。不如就像陶渊明那样，随意痛饮杯中美酒，不要辜负了东篱盛开的菊花。

赏 析

起首二句中，一"日上"、一"夜霜"，昼夜更替，时间转移，凸显时间的变幻感。"酒阑更喜团茶苦，梦断偏宜瑞脑香"，这两句写得出人意料又在情理之中，"酒阑""梦断"都是愁到极点才会出现的状况，而词人却以"团茶""瑞脑"消遣，乐中见苦，苦中蕴乐，读来意味悠长。

词人在下阕终于点出了自己所愁为何。本来天气入冬，白昼该是越来越短，但由于心理作用，词人却觉得每天都格外漫长难熬，将故国愁思写得格外新颖别致。不过，成天沉湎于离愁别绪之中终究不合词人的性情，她豁达地自我安慰，不如像陶渊明一样，醉倒酒樽前，不辜负一片秋光中怒放的菊花。

苏武慢① · 雁落平沙

［宋］蔡伸

雁落平沙，烟笼寒水，古垒鸣笳声断。青山隐隐，败叶萧萧，天际暝鸦零乱。楼上黄昏，片帆千里归程，年华将晚。望碧云空暮②，佳人何处？梦魂俱远。

忆旧游，邃馆③朱扉，小园香径，尚想桃花人面④。书盈锦轴⑤，恨满金徽⑥，难写寸心幽怨。两地离愁，一尊芳酒，凄凉危栏倚遍。尽迟留，凭仗西风，吹干泪眼。

注释

①苏武慢：词牌名。②碧云空暮：化用南朝江淹诗句"日暮碧云合，佳人殊未来"。③邃（suì）馆：幽深的院落。④桃花人面：化用唐朝崔护《题都城南庄》中诗句："人面不知何处去，桃花依旧笑春风。"⑤书盈锦轴：此处暗用苏蕙为其夫所寄的回文锦书之典。书，指书信。⑥金徽：此处即代指琴。

🦋 译 文

　　几只大雁栖落在广阔的沙洲上，烟雾笼罩着凄寒的江水，古时的壁垒边呜咽的胡笳声渐渐地断绝。远处青山隐隐，枯叶在秋风中萧萧而落，天边有几只昏鸦在徘徊。黄昏里，在楼上忽见江面千里迢迢漂回来一片孤帆，而我即将老去。仰望长空，碧云飘浮，暮色朦胧，不知佳人今在何处，就连在梦中也离她那么遥远！

　　回忆起旧时的游乐，朱红的大门，深深的庭院，小巧别致的花园，盈满香气的小径，我至今还记得她如桃花般美丽的容颜。纵然是写满锦轴书信，恨满琴弦，也难以倾诉我内心的幽怨。这两地相隔的苦，岂是一樽美酒就能排遣的？满心凄凉的我已经把栏杆倚遍。只能久久地留在楼上，任凭秋风吹干我的泪眼。

🦋 赏 析

　　此词写羁旅行役之感与悲秋思人之情。开篇两句中的"寒水"点明已是深秋时节，而"雁落"则提示读者，这是一天中最易令人伤感的黄昏时刻。这几字一出，整首词就被定下了忧郁黯淡的色调。时间如此，那么环境呢？荒凉的"古垒"，还有使人伤感的"笳声"，更令人喟叹的是，连这胡笳也突然停止了。于是，忧愁的词人眼前就只剩下了落叶萧萧的青山与天边零乱的归鸦。而接下来的"楼上黄昏"一句，既关景，亦写人，于是整首词的衰飒意脉便凸现在主人公的身上。接下来，思乡之愁、迟暮之感、怀人之恨、坎坷不顺之忧就都在霎时涌上了词人的心头。"凭仗西风，吹干泪眼"也便给了黯然销魂的词人一个酸楚凄然的定格。

贺新郎·别茂嘉十二弟①

[宋] 辛弃疾

鹈鴂②、杜鹃实两种,见《离骚补注》。

绿树听鹈鴂,更那堪、鹧鸪③声住,杜鹃声切。啼到春归无寻处,苦恨芳菲都歇。算未抵、人间离别。马上琵琶④关塞黑,更长门⑤翠辇辞金阙。看燕燕,送归妾⑥。

将军百战身名裂⑦。向河梁⑧、回头万里,故人长绝⑨。易水萧萧西风冷⑩,满座衣冠似雪。正壮士、悲歌未彻。啼鸟还知如许恨,料不啼清泪长啼血。谁共我,醉明月?

注 释

①茂嘉十二弟:辛弃疾的族弟。②鹈鴂(tí jué):《尔雅》谓之鵙(jú),即伯劳,《左转》谓之伯赵,也有人认为是子规(杜鹃)。③鹧鸪(zhè gū):一种鸟类,俗名赤姑。④马上琵琶:用王昭君事,后人认为昭君出塞时曾在马上弹琵琶以自遣。⑤长门:汉时的长门宫,陈阿娇是汉武帝的皇后,"金屋藏娇"的故事即是因她而起,但后来她失宠,被黜居于长门宫。⑥看燕燕,送归妾:《燕燕》是《诗经》中的一首诗,据说是卫庄公的夫人送庄公之妾陈女戴妫(guī)归陈国时所作。戴妫的儿子在卫被杀,她迫不得已而归陈。⑦将军百战身名裂:此指汉将李陵,他虽身经百

战，但最后投降匈奴使他身败名裂。⑧河梁：相传李陵在匈奴送别苏武时有诗送之，其中有"携手上河梁"之句。⑨故人长绝：即指李陵与苏武永远分别。⑩易水萧萧西风冷：指战国时的刺客荆轲刺秦。荆轲临行时在易水与燕太子丹告别，荆轲临别时高唱："风萧萧兮易水寒，壮士一去兮不复还。"

译 文

听着绿树荫里鹈鴂的叫声，心里十分悲伤，鹈鴂鸟的啼叫刚停，杜鹃又发出凄切的声音。它们一直悲啼到春天归去再无处寻觅，百花凋谢，实在令人苦恨。算起来这些小事都抵不上人间生离死别的痛楚。汉代的王昭君骑在马上弹着琵琶，远嫁到黑沉沉的关塞，更有失宠的陈皇后退居长门宫，坐着翠碧的宫辇辞别皇宫。春秋时卫国的庄姜望着双飞的燕子，远送被休弃去国的归妾。

汉代名将李陵曾身经百战，兵败后归降匈奴以致身败名裂。他到河边桥头送别苏武，回头遥望远隔万里的故国，与故友诀别。还有易水边的荆轲于萧瑟秋风中前去刺秦，满座衣冠比雪更洁白，壮士慷慨悲歌无尽无歇。啼鸟若知人间这诸多悲恨，料想它悲啼的不再是清泪，而是鲜血。如今茂嘉弟远别，今后还有谁与我一起饮酒赏月？

赏 析

这是词人为族弟茂嘉而写的一首送别词。词一开始先描写了三种鸟的悲啼声，鸟的悲啼象征着凄切与悲哀，此处不仅表达了作者的伤春惜时之情，也映衬了作者和族弟的离别之悲。至此处，词人没有具体写自己和族弟的离情，而是立刻引出下边五个人间的痛苦离别："马上琵琶关塞黑"写昭君别汉元帝；"更长门翠辇辞金阙"写陈阿娇别汉武帝；"看燕燕，送归妾"语出《诗经·邶风·燕燕》，相传是庄姜别戴妩时所咏；"将军百战身名裂"写李陵别苏武；"易水萧萧西风冷"写荆轲别燕子丹。接着，词人以一句"啼鸟还知如许恨，料不啼清泪长啼血"来为这几场悲剧作结，呼应上文，不仅使艺术结构显得十分圆润而和谐，而且进一步点染上文所叙写的离情之苦、之深，极富艺术感染力。

夜书所见

[宋] 叶绍翁

萧萧①梧叶送寒声，江上秋风动客情②。
知有儿童挑促织③，夜深篱落一灯明。

注释

①萧萧：指风的声音。②客情：即客居他乡者的思乡情。③促织：即蟋蟀。

译文

梧桐落叶在寒夜中发出细碎的声音，秋风吹起了江上游子的思乡之情。远处的篱笆间有一盏灯火，料想是孩子们正在捉蟋蟀。

赏析

这是一首羁旅思乡之作。本诗从萧萧秋风吹响梧桐树叶开始，其意蕴之中不仅有着时节交替、秋去冬来的寒意，更有客居他乡的悲凉

89

氛围。在这样一个最易引起羁客思乡之情的夜晚，天真烂漫的儿童挑逗蟋蟀、自得其乐的景象，反而更衬托出诗人孤旅难寄的惆怅，形成了一幅儿童无忧愁、羁客独思乡的鲜明对比图。诗景虽变换游移，却字字不离乡愁，句句昭示孤独。尤其是诗末，一个秋夜孤独思乡的漂泊者形象跃然于纸，从而引发读者内心的无尽遐想。

最值得称道的是，虽然本诗只有短短四句，却手法多变，其中既有借景抒情，又有动静结合，而且还运用了鲜明的悲欢对比、暗用典故、拟人等手法，可谓转折多变。

梦归

[金] 元好问

憔悴南冠①一楚囚，归心江汉②日东流。
青山历历③乡国梦，黄叶萧萧风雨秋。
贫里有诗工作祟④，乱来无泪可供⑤愁。
残年兄弟相逢在，随分⑥齑盐⑦万事休。

注释

①南冠：楚囚，因为楚国在南方，所以楚冠称为南冠。本意为楚国的囚犯，后泛指囚犯、战俘。②江汉：长江、汉水。③历历：指物体或景象一个个清楚明白。④诗工作祟（suì）：这里指诗善于作怪、捣乱。工，善于。⑤供（gōng）：供应、供给。

指准备东西给需要的人用。⑥随分（fèn）：指依据本性，守本分，也有随意的意思。⑦齑（jī）盐：腌菜和盐，后泛指素食、清贫的生活。

译文

我这个憔悴的亡国囚徒，归心就像那江汉水日夜东流。在梦里，故国的青山仍历历在目，醒来却只听得秋风秋雨里黄叶萧萧而落之声。如此贫困处境里只好将满腔心事寄予诗文，已无泪水来宣泄忧愁。若有生之年还能与兄弟们相逢，即使是粗茶淡饭也使我心满意足。

赏析

元好问在金朝时官至翰林知制诰（草拟诏令的官员），金亡后，他被俘虏，且多年是囚徒身份。直至元太宗十一年（1239）秋，耶律楚材因其诗名颇盛有意招揽，可彼时的他已无心为官，遂返乡隐居。这首诗便是写于这段时期。

诗歌开篇，诗人连用"南冠""楚囚"两个词来强调自己窘迫的处境，表明"归心"像那长江、汉水一般浩荡，永不止歇。诗人梦回故国，但见"青山历历"，家乡的一切都是那样熟悉……然而，梦醒时的诗人要面对的却是"黄叶萧萧风雨秋"的凄冷现实。"贫里有诗工作祟，乱来无泪可供愁"，诗人思归而不得，只能将满腔的心事寄予诗文。最后，诗人表达了对日后生活的期望，但愿垂垂老矣的自己，还能有与兄弟们相逢的一天，到那时，哪怕是粗茶淡饭，也能甘之如饴。

琵琶仙·中秋

〔清〕纳兰性德

碧海①年年，试问取、冰轮②为谁圆缺？吹到一片秋香③，清辉④了如雪。愁中看、好天良夜，知道尽成悲咽。只影而今，那堪重对，旧时明月。

花径里、戏捉迷藏，曾惹下萧萧井梧叶。记否轻纨小扇⑤，又几番凉热。只落得、填膺百感，总茫茫、不关离别。一任紫玉⑥无情，夜寒吹裂。

🦋 注释

①碧海：此处指天，因其色青如海，故此称。宋晁补之《洞仙歌》："青烟幂处，碧海飞金镜。"②冰轮：古时用来指代皎洁的满月。③秋香：指桂花的香气。④清辉：指皎洁的月光。⑤轻纨（wán）小扇：即纨扇，又称团扇。⑥紫玉：指截断紫竹制成的笛箫。

🦋 译文

碧海上明月高悬，年年如此，试问月亮是为了谁时圆时缺？今夜里，秋风送来阵阵清香，月光好似白雪。怎知道，这良夜却让人忧愁，也让人忍不住悲咽。而今孤身只影，哪里承受得起去面对旧时明月。

从前，你和我在花径里捉迷藏，曾经将井边的梧桐树叶惊落。是否还记得你手上那轻巧的纨扇，如今又经历过几番凉热。一时间百感丛生，茫茫然，又似乎与一般的离别无关。我只能于寒风中，任由手中那无情的紫玉箫，吹至破裂。

赏 析

清康熙十六年（1677），词人之妻卢氏难产而亡，这令词人悲痛不已。次年中秋，词人忆起亡妻，触景伤情，遂提笔作此词。

词作以一句设问总领全篇，岁月轮转，每年中秋，月之圆缺究竟是为了谁？一问之后，诗人开始布景绘景。皎月清辉，花香满院，原是美景，又值中秋良辰，但因为是在悲伤的情绪中看到了这样的景色，只能"尽成悲咽"。"只影而今"三句，不仅点出了"尽成悲咽"的缘由，亦为下阕回忆"旧时"光景做了铺叙。

下阕，词人真情忆往。过往的所有美好，都不过是今日"只影"的悲伤注脚，过往愈是甜蜜，今日便愈加伤情；且下阕种种，填膺百感也罢，几番凉热也罢，其实都是在诠释上阕之"尽成悲咽"，全词亦是围绕"悲"字而缓缓展开的。

诗词拾趣

在下面空白处填上合适的字词，补全诗句。

1. 问世间，□为何物，直教生死□□？

2. 多情却被□□恼，今夜还如昨夜□。

3. 商女不知□□恨，隔江犹唱□□花。

4. 问君能有几多□，恰似一江□□向东流。

梦游天姥①吟留别

［唐］李白

海客谈瀛洲②，烟涛微茫信难求。

越人语天姥，云霓明灭或可睹。

天姥连天向天横，势拔五岳掩赤城③。

天台④四万八千丈，对此欲倒东南倾。

我欲因之梦吴越，一夜飞度镜湖⑤月。

湖月照我影，送我至剡溪⑥。

谢公⑦宿处今尚在，渌⑧水荡漾清猿啼。

脚著谢公屐⑨，身登青云梯⑩。

半壁见海日，空中闻天鸡⑪。

千岩万转路不定，迷花倚石忽已暝。

熊咆龙吟殷⑫岩泉，慄深林兮惊层巅。

云青青兮欲雨，水澹澹兮生烟。

列缺霹雳，丘峦崩摧。

洞天石扉，訇^⑬然中开。

青冥浩荡不见底，日月照耀金银台。

霓为衣兮风为马，云之君兮纷纷而来下。

虎鼓瑟兮鸾回车^⑭，仙之人兮列如麻。

忽魂悸以魄动，恍惊起而长嗟。

惟觉时之枕席，失向来之烟霞。

世间行乐亦如此，古来万事东流水。

别君去兮何时还，且放白鹿青崖间，须行即骑访名山。

安能摧眉^⑮折腰事权贵，使我不得开心颜！

🦋 注释

①天姥（mǔ）：天姥山，位于浙江绍兴新昌县境内。传说登山的人可以听到仙人天姥唱歌，山的名字也因此而来。②瀛（yíng）洲：古代传说东海有三座仙山，其中之一就是瀛洲。③赤城：山名。④天台（tāi）：山名。⑤镜湖：又名鉴湖，位于浙江绍兴南面。⑥剡（shàn）溪：水名，位于浙江嵊（shèng）州南面。⑦谢公：指南朝诗人谢灵运。谢灵运爱好爬山，到天姥山游玩时，他曾经住在剡溪。⑧渌（lù）：清。⑨谢公屐（jī）：谢灵运穿的木屐。《南史·谢灵运传》记载，谢灵运游山，一定会去到高远险峻的地方，他准备了一种专门制作的木屐，屐底有活动的齿，上山时把前齿去掉，下山时把后齿去掉。⑩青云梯：指延伸至云端的山路。⑪天鸡：古代传说东南有桃都山，山上有棵叫桃都的大树，树枝一直延伸很远，天鸡栖息在上面，每当太阳升起

来，把阳光投射到这棵树上时，天鸡就会发出叫声，天下的鸡也会跟着鸣叫。⑫殷（yǐn）：动词，震动。⑬訇（hōng）：形容大声。⑭鸾回车：鸾鸟驾着车。鸾，传说中的一种神鸟，类似于凤凰。回，盘旋、转动。⑮摧眉：低眉。

译文

　　浪迹海上的人谈起瀛洲，都说大海烟波浩渺，瀛洲实在难以寻访。越中一带的人说起天姥山，说在忽隐忽现的云雾中有时还能看见它。天姥山连着天际，横向天外，山势高峻超过了五岳，遮掩了赤城山。天台山虽然高达四万八千丈，对着天姥山也好像要向东南倾斜拜倒一样。我因为越人的话梦游到了吴越之地，在一天夜里飞过了明月映照的镜湖。镜湖上的月光映照着我的影子，将我一直送到了剡溪。谢灵运当时的住处现今还在，清澈的湖水荡漾，猿猴清啼。我脚上穿着谢公当年特制的木屐，登上了直上云霄的山路。在半山腰上我看见了从海上升起的太阳，听到了空中传来的天鸡的叫声。千岩堆积，山路盘旋，方向不定，我流连于花石之间，不知不觉间天色已晚。熊在怒吼，龙在长吟，岩中的泉水在震响，森林为之战栗，山峰惊颤。云层黑沉沉的，似乎马上要下雨，水波动荡，泛起一层水雾。闪电夹杂着雷鸣，山峰好像要崩塌一般。仙人洞府的石门，轰的一声从中间打开。那里天空广阔看不到洞底，日月照耀着金银铸成的宫阙。以彩虹为衣，风为马，云中的神仙们纷纷飘下来。老虎鼓瑟，鸾鸟驾车，仙人们排成列，密密麻麻。忽然间我魂魄悸动，猛然惊醒，不由地长长叹息。醒来后身边只有枕席相伴，刚才梦中所见的烟雾云霞全都消失不见了。人世间的欢乐也是如此，自古以来万事都像东流水一样一去不返。与诸位朋友分别何时才能回来，暂且将白鹿放牧在青崖间，等到要走时就骑上它去寻访名山。我岂能卑躬屈膝地

赏析

这首诗是李白记梦之作，充满了游仙诗所独有的绮艳与缥缈，更兼意境雄浑、变幻莫测，将浪漫主义的华彩渲染得淋漓尽致。

本诗开头四句，以古老传说中瀛洲的缥缈来反衬越人口中天姥山的神奇瑰丽，以虚衬实，既富情趣，又格外引人入胜。从"天姥连天向天横"开始，诗人借用夸张的笔法将现实中的天姥山与世间千山万壑相融合，绘出了一个"梦中天姥"。于是，诗人在梦里踏入了天姥的仙境之中，一幅又一幅瑰丽奇妙的图景也就此展开……

直至诗人陡然醒来，惊觉这一切不过是南柯一梦，不由发出了"古来万事东流水"的感叹。彼时，唯有"且放白鹿青崖间"才稍能慰藉诗人那一颗彷徨失意之心。但失意之后，诗人更多的是不平和愤懑，是对世俗权贵的不屑与蔑视，一句"安能摧眉折腰事权贵，使我不得开心颜"正是他铮铮傲骨的体现。

诗词拾趣

从下面的词组中各选一个字，组成两句诗。

- 山巅　随和　平衡　野外　尽头
- 江河　出入　大小　荒莽　流动

句1
句2

赠花卿①

［唐］杜甫

锦城②丝管③日纷纷④，半入江风半入云。
此曲只应天上⑤有，人间能得几回闻⑥。

注释

　①花卿：花敬定，是成都尹崔光远的部下。②锦城：这里指成都。③丝管：弦乐器和管乐器，这里泛指音乐。④纷纷：形容乐曲婉转动听。⑤天上：双关语，表面上指天宫，实际上指的是皇宫。⑥几回闻：原指有几次听到了。文中是指人间听到的次数很少。

译文

成都城里日日回荡着悠扬的音乐，那乐声飘入江风，直上云端。这样的乐曲只应存在于天上，人世间的芸芸众生一辈子能听见几回？

赏析

此首《赠花卿》为杜甫的讽刺之作，约为唐上元二年（761）所作。花卿指花敬定，他曾因平叛立功，之后居功自傲，目无朝廷，终日沉迷于歌舞之中。

诗人用缥缈清丽之词来赞美丝管之音"半入江风半入云"，音乐声缓缓飘荡，入于江水，随于浮云，所谓行云流水之美不过如此。而诗人于赞美中又加入隐晦的讽喻："此曲只应天上有，人间能得几回闻。"这样难闻之曲却"日纷纷"，可见这其中多么不同寻常，又多么矛盾。诗中的"天上""人间"被赋予了多重意味，天上可为神仙之意，又可指皇宫；而人间指皇宫之外，又可理解为黎民苍生。难怪宋朝的张天觉说此诗为"讽刺则不可怒张，怒张则筋骨露矣"。

丽春①

[唐] 杜甫

百草竞春华②，丽春应最胜。
少须③颜色好，多漫枝条剩。
纷纷④桃李枝，处处总能移。
如何⑤此贵重，却怕有人知。

注释

①丽春：花名。②春华：春光，春色。③少须：这里指花刚开时。④纷纷：繁多的样子。⑤如何：为何。

译文

百草在春光中竞相开放，其中丽春花开得最好。枝上繁花朵朵刚开放时的色彩好，茂盛时很烂漫。桃花、李花众多，到处都可看见。为何丽春却贵重到无法随意移栽？原来是怕被别人知道啊。

赏析

这是一首吟咏丽春花的五言古诗，开篇两句用百草做衬托，突出丽春花的美好。接着诗人具体描写丽春花"少须颜色好，多漫枝条剩"，这是丽春花优胜百草的一个特点：刚开时颜色鲜好，茂盛时枝头烂漫，无论开花多少，都能使人赏心悦目。

五、六两句沿用开篇的对比手法，将"百草"具体为"桃李"，以桃李随处移栽都可成活与丽春花移栽则枯槁做对比，凸显丽春花的与众不同。

最后诗人给出了丽春花移栽则枯的原因：是为了不被更多的人知道。这一戏谑式的描写赋予了丽春花以高贵的人格，丽春花与桃李之类不同之处也就在于不可随处移栽，物以稀为贵，丽春花胜百草也就在情理之中。

诗中三处对比，意在凸显丽春花别具一格，而诗歌明为赞花，其实也是在赞誉一种高贵的人格。

早雁

[唐]杜牧

金河①秋半虏弦开②，云外惊飞四散哀。
仙掌③月明孤影过，长门④灯暗数声来。
须知胡骑纷纷在，岂逐春风一一回。
莫厌潇湘⑤少人处，水多菰米⑥岸莓苔⑦。

🦋 **注释**

①金河：位于今内蒙古自治区呼和浩特市南，这里指的是北方边地。②虏（lǔ）弦开：这里有两层意思，一是挽弓射猎，二是回鹘出兵骚扰。③仙掌：汉代长安建章宫内的铜铸仙人手掌上举

着承露盘。④长门：汉宫名，汉武帝的皇后陈阿娇失宠时曾居住于长门宫。据传，陈皇后的母亲馆陶公主重金聘司马相如为陈皇后作了一篇哀怨动人的《长门赋》。⑤潇湘：今湖南中部、南部一带。⑥菰（gū）米：是多年生宿根水生草本植物，结出的种子就是菰米。⑦莓苔：一种蔷薇科植物。菰米和莓苔都是雁的食物。

译文

八月时回鹘兵在金河拉开弓弦，惊得飞过的雁群四散哀鸣。月夜里孤雁掠过托着承露盘的仙掌，几声哀鸣传到昏暗的长门宫。应该知道回鹘的铁骑正在入侵边疆，哪里还能随着春风回归家园？请莫嫌弃潇湘之地人烟稀少，水边的菰米绿苔尚可充饥。

赏析

唐会昌二年（842）八月，回鹘可汗率军南侵大唐边疆，边关染血，边民离散，时任黄州刺史的杜牧闻而惊心，遂作此诗以表忧切之心。

首联描绘了一幅"边塞惊雁"图。"云外惊飞四散哀"寥寥七字，既描摹出雁受惊之后的动作，又描述了其受惊后的情态，浑然一气，简练凝切。颔联描写了雁影掠皇城、凄鸣动长安的景象。"孤影过"绘影，"数声来"写声，而月明、灯暗、仙掌、长门等意象更添几分清寥孤寂。颈联诗人思绪一转，开始遥想来年北归的大雁，为它们流离失所、有家难回的处境而担忧。尾联诗人深情劝慰：你们先在潇湘之地安

102

顿下来吧，别嫌弃这里地广人稀，至少还有菰米、莓苔可充饥。

诗人以雁写人，托物寄兴，除了抒发对边地人民的深切同情之外，也隐隐讽刺了无力安边的执政者。

寄题滁州醉翁亭①

［宋］梅尧臣

琅琊②谷口泉，分流漾山翠。

使君③爱泉清，每来泉上醉。

醉缨④濯⑤潺湲⑥，醉吟异憔悴⑦。

日暮使君归，野老⑧纷纷至。

但留山鸟啼，与伴松间吹。

借问结庐何，使君游息地。

借问醉者何，使君闲适意。

借问镌⑨者何，使君自为记。

使君能若此⑩，吾诗不言刺。

注释

①醉翁亭：位于安徽滁州西南琅琊（láng yá）山旁，始建于北宋庆历七年（1047），因为欧阳修命名并作有《醉翁亭记》一文而闻名。②琅琊：即滁州琅琊山。③使君：汉代时称呼太守为

刺史、使君。欧阳修曾被贬为滁州知州，而在《醉翁亭记》中他称自己为太守，是自比为古人。因此这里的"使君"是作者对欧阳修的尊称。④缨（yīng）：用线等材料做成的装饰品。⑤濯（zhuó）：洗。⑥潺湲（chán yuán）：形容水缓缓流动的样子。⑦异憔悴：指忘却了烦恼。⑧野老：乡野间的老人。这里是和使君相对，将使君之外的人都比作野老。⑨镌（juān）：雕刻。⑩若此：如此、这样的意思。

译文

琅琊山谷口的泉水分流到山间，滋润了满山青翠的树木。使君十分喜爱这清澈的泉水，常常来这里喝酒、赏风景。醉后的他在缓缓流动的泉水里清洗帽缨，醉后的他高声吟唱忘却了烦忧。直到黄昏来临使君才归去，而那些如同野老一般的俗人才纷纷来到。此时哪里还能见到使君的身影，只剩下山间鸟鸣，松间风吹。若问在此结庐而居怎么样，这可是使君游赏休息的地方。若问来这里一醉怎么样，只看使君倍感闲适惬意便知。若问把诗文刻在石碑上怎么样，使君都已经写下来了啊。使君的言行诗文已无人可超越，我就不再在诗中说什么废话了。

赏析

梅尧臣与欧阳修私交甚笃，时人将两人并称为"欧梅"。作者的这首五言古诗，虽然命题为"寄醉翁亭"，实际上是借亭写人、借景赞"使君"欧阳修。

诗篇只在开头两句正面写景，简练又形

象地勾勒了一幅山色青青、泉水清清的山景图，为后文叙写使君渲染环境气氛。

接下来四句写使君的言行，可谓句句隐含深意。"使君爱泉清"，使君为何尤为喜爱清澈的泉水？从侧面点明他的人品高洁。"每来泉上醉"，既写出了使君迷醉于美景，也写出了使君性格中的豪放旷达。"醉缨濯潺湲"，写使君醉后清洗帽带的动作，为使君的形象平添了几分可爱、洒脱，但结合后句"醉吟异憔悴"，便能解读出另一层意思：使君清洗的不是帽带的灰尘而是人世的污浊、人世的烦忧。

"日暮"四句写使君离去后，野老才纷纷来临，可是只能空闻鸟啼、空听松响了。在这里，野老并非指淳朴的乡野老人，而是与才德兼备的使君相对应，指那些无知、浅陋、品德低劣的文人士大夫，甚至含有作者的隐隐自比。这四句是说其他人追不上使君的脚步，也追不上使君的人品、德行，表达了对使君的赞美。

诗的后半段用一问一答的形式，进一步为使君和醉翁亭吟唱赞歌。通过使君的"游息地""闲适意""自为记"，衬托醉翁亭的值得结庐而居、值得游赏、值得写作诗文铭刻石碑，亭尚如此，何况人呢？这里的重点其实是暗指使君高尚的人格、所建的功业值得千秋铭记！

下面诗句中，与滁州有关的是？

- ☐ A. 长安回望绣成堆，山顶千门次第开。
- ☐ B. 独怜幽草涧边生，上有黄鹂深树鸣。
- ☐ C. 江南好，风景旧曾谙。
- ☐ D. 晴川历历汉阳树，芳草萋萋鹦鹉洲。

啼鸟

[宋] 欧阳修

提葫芦，提葫芦，不用沽美酒。

宫壶日赐新拨醅①，老病足以扶衰朽。

百舌子②，百舌子，莫道泥滑滑③。

宫花正好愁雨来，暖日④方催花乱发。

苑树⑤千重绿暗春，珍禽彩羽自成群。

花开⑥只惯迎黄屋⑦，鸟语初惊见外人。

千声百啭⑧忽飞去，枝上自落红纷纷。

画帘⑨阴阴⑩隔宫烛⑪，禁漏⑫杳杳⑬深千门。

可怜枕上五更听，不似滁州⑭山里闻。

注释

①拨醅（pēi）：泛指酒。②百舌子：即百舌鸟，据说它能学各种鸟叫，因此得名。③泥滑滑：即竹鸡，因其鸣声而命名，又名竹鹧鸪、扁罐罐。④暖日：晴天。⑤苑树：苑，古代蓄养禽兽的地方，多指帝王的园林。苑树即皇宫里的树木。⑥开：一作"间"。⑦黄屋：帝王的车驾。⑧啭（zhuàn）：指鸟婉转地鸣叫。⑨画帘：装饰有画的帘子。⑩阴阴：幽暗的样子。⑪宫烛：宫廷中的蜡烛。⑫禁漏：这里指宫中的计时器。⑬杳（yǎo）杳：昏暗的样子。⑭滁州：地名，欧阳修曾被贬为滁州知州。

译 文

提葫芦，提葫芦，我不用再买美酒。因为壶里装着刚赏赐的酒，足以让老病的我不再觉得自己衰朽。百舌鸟，百舌鸟，不要再学竹鸡叫。宫廷里的花正因为下雨而发愁，只有晴日才能令花绽放。皇家园林里树木葱茏，那颜色令春光也显得暗淡，珍禽异兽更是数不胜数。可惜宫花只惯于迎接帝王的车驾，宫鸟见到外人就受到惊吓，群鸟惊叫着四散飞去，使得枝上的花纷纷飘落。画帘遮挡了宫烛的光，四处一片昏暗，犹如宫漏声被众多宫门阻隔。可怜我五更天仍然没有睡着，竖耳倾听的种种声音，全然不像在滁州山里所听到的那样合心。

赏 析

欧阳修一生宦海沉浮，曾官至太子少师，也曾三度遭受诬陷被贬。北宋皇祐元年（1049），被贬滁州的他回朝，但五年后，又遭诬被贬。虽然命令刚下达，宋仁宗又将他留了下来，可他对这一切已然心生疲倦。此诗应作于这一时期。

诗歌先写重受帝王宠信，以终于不必再用简陋的提葫芦买酒、暖日里宫花才能盛放为喻，凸显内心的喜悦。谁知好景不长，风云又变，因此，接下来作者写了宫廷的繁华，以及这一片繁华掩映下的暗淡，如"只惯迎黄屋"的宫花、"初惊见外人"的宫鸟，"隔宫烛""深千门"二句反映出自己面对帝王恩宠时，内心的如履薄冰、战战兢兢。于是，他不禁怀念起了在滁州自由自在的生活。

全诗表达了作者对仕途崎岖的感慨和对官场的厌倦之情。

泗州除夜雪中黄师是送酥酒二首（其一）

〔宋〕苏轼

暮雪纷纷投碎米，春流咽咽走黄沙。

旧游似梦徒能说，逐客如僧岂有家。

冷砚欲书先自冻，孤灯何事独成花。

使君半夜分酥酒，惊起妻孥①一笑哗。

🦋 **注 释**

①妻孥（nú）：妻子和儿女。

🦋 **译 文**

黄昏的雪纷纷扬扬如碎米般洒下，春江流水夹杂着黄沙呜咽流淌。昔日携友出游已如梦般无从谈起，随波逐流的人哪里还有家？欲写书信才发现砚中的墨早已结冰，孤灯却为何结出了喜庆的灯花？原来是使君于半夜送来了酥酒，惊起了妻子儿女都笑语喧哗。

🦋 **赏 析**

北宋元丰七年（1084）四月，苏轼离开黄州，赴任汝州团练副使。时值除夕夜，苏轼一家人滞留在泗州，船舱内寒冷无比，完全没有任何新年的喜气。此时，使君黄师是为诗人送来扬州厨酿二尊、雍酥一奁（lián），让诗人倍觉温暖。

首联采用了比喻和拟人的手法，短短十四个字，描绘出一幅冰天雪地的景象。在这样寒冷的天气里，诗人的情况怎么样呢？"旧游似梦"，写诗人远离朋友，在他乡孤苦度日；"逐客如僧"，写诗人被贬漂泊异乡。

颈联继续描写了一幅寒冷寂寞的景象：结冰的砚台、孤独的灯盏。正在诗人为此愁苦不堪的时候，使君雪中送炭带来了美酒与美食，于是一家人开心快乐起来。前面的悲与后面的喜形成鲜明对比，更让人感觉使君此举的难能可贵。

闲居自述

[宋] 陆游

自许山翁懒是真，纷纷外物①岂关身。
花如解笑还多事，石不能言最可人②。
净扫明窗凭素几，闲穿密竹岸③乌巾。
残年自有青天管，便是无锥④也未贫。

🦋 注释

①外物：俗尘琐事，名利之物。②可人：可爱。③岸：做动词，头戴高冠。④无锥（zhuī）：无立锥之地，形容赤贫。

译 文

山翁我认为自己真的是懒怠了，那些纷纭外物哪里还与我有关。花若解笑大概会多生事端，静默如石才最值得人喜爱。每日将居处打扫得窗明几净，戴着隐士的乌巾悠闲地漫步于竹林。风烛残年的我自有青天照管，纵使是无立锥之地也未处于穷困之境。

赏 析

这首诗看似在表达诗人的隐逸之心，而其背后，其实暗藏着对南宋朝廷深深的失望。

"自许山翁懒是真，纷纷外物岂关身"，诗人此时年岁已高，自号"山翁"，又道自己"懒是真"，充满了自嘲的意味。面对红尘琐事，他摇头笑叹，这些身外之物都与我无关。

颔联中，诗人对比花与石来阐明他的隐逸之心。百花若是懂得笑，大概会生出许多事端；如若同磐石一样，口不能言，这才是最让人舒心的。这里，诗人实是以"解笑"之花比喻庙堂之上那些巧言令色之人。

颈联中，诗人描绘自己闲居之时的悠游姿态，"乌巾"表明自己隐士的身份。

在尾联，诗人豪言道：风烛残年也不用忧虑，命运自有苍天掌握，即使是赤贫到无立锥之地，只要心灵充盈，我依然不处于穷困的境地。

答余叔良①和韵②

[宋] 辛弃疾

东舍延朝爽③，西林媚夕曛④。
有生同扰扰⑤，何路出纷纷⑥。
暖日鹓鸾⑦伴，空山鸟兽群。
本来同一致，休笑众人醺。

🦋 注释

①余叔良：作者的友人，生平不详，辛弃疾作有多首诗词相赠。②和韵：诗词的一种写作方式，指与他人的诗相唱和时，按照对方所押的韵作诗。③朝（zhāo）爽：指早晨明朗的景象。④夕曛（xūn）：落日的余晖。⑤扰扰：烦乱的样子。⑥纷纷：多而杂乱的样子。⑦鹓鸾（yuān luán）：鹓与鸾都是传说中代表吉祥的鸟，常用来比喻高贵的人、贤者。

🦋 译文

房舍前朝阳初升，一片明朗的景象，西林里落日西下，余晖妩媚动人。有生之年你我皆烦恼不休，而我们的出路又在哪里呢。也许晴日里游览山林，与鹓鸾、鸟兽相伴，才最逍遥。你我都是凡人，还是不要笑话众人不清醒了吧。

🦋 赏析

这是辛弃疾与友人余叔良的唱和之作。

首联与颈联写景，描述了一种朝迎旭日、夕送日落，与鹓鸾相伴、与鸟兽为伍的山林隐逸生活。但颔联与尾联的抒情，则打破了这份平静安宁，表明这种生活其实是无法改变现实后的无奈"出路"。

诗歌语言浅白自然，情感表达上直抒胸臆。作者既是借诗作劝勉友人，同时也是自我宽慰。

夜饮枕流①次日以诗记陈迹②

[宋] 曾协

水轩③幽会六人④同，夜色苍茫蜡炬红。
淅淅⑤好风天似水，纷纷高论气如虹。
罚筹⑥蝟起⑦觞⑧无算，醉骨山颓⑨榼⑩屡空。
却坐胡床⑪看月上，对人楼殿⑫有无中。

🦋 注 释

①枕流：靠近水流。②陈迹：过去的事情。③水轩：指建在水上或水边的亭子。轩，古时将有窗的长廊或小屋称为轩。④六人：作者自注："李粹伯、汪汝冯、蔡清宇、王景文、柴鹏举与余六人。"⑤淅(xī)淅：象声词，形容风声。⑥筹：古时用竹、木制成的计算用具，这里指行酒令用的筹码。⑦蝟(wèi)起：典出汉贾谊《新书·益壤》："高皇帝瓜分天下，以王功臣，反者如蝟毛而起。""蝟起"因此常用来比喻纷然而起。⑧觞(shāng)：古

时的一种酒具。⑨醉骨山颓：化用"醉山颓倒"，典出《世说新语·容止》："嵇叔夜之为人也，岩岩若孤松之独立；其醉也，傀俄若玉山之将崩。"⑩榼（kē）：古时的一种酒器。⑪胡床：古代的一种坐具，也称为交床。⑫楼殿：宫殿。

译文

昨夜与五位友人在水边的亭子里聚会，彼时夜色苍茫、红烛高照。风声淅淅，夜凉如水，大家高谈阔论、气势如虹。饮酒行令，兴致高昂时大家罚酒的筹码高高堆起，喝下多少杯酒已无法计算，最后醉倒如山崩。酒醒时坐在胡床上看那轮明月，仿佛能看见古今宫殿中人来喧闹、人去楼空。

赏析

诗作记叙了诗人与五位友人的一次聚会，抒发的却是怀古叹今之幽情。

诗题与首句交代时间、地点及事件，诗人与五位友人在水边的亭子里夜饮。"夜色苍茫"与"淅淅好风"两句渲染环境气氛，将读者带入良辰美景、知己相聚的美好氛围中。"纷纷高论"起三句则具体描述聚会的热闹情景，朋友们高谈阔论、吟诗行酒令、纵情畅饮，何其快哉！然而最后，诗人的笔锋却蓦然一转，写酒醒后望月怀古，用"楼殿有无"四字，透露出对朝代更迭的感慨、对现实的忧虑。

此时，再回看前文，"纷纷高论气如虹"，诗人与友人谈论的大概并不是诗文乐事，而是政治主张、时势世情吧。

苦寒作

[元] 王冕

昨日风寒枯木折，今日五更霜似雪。

河伯①泉仙惊怪言，冻杀深潭三足鳖②。

南海一平行太舆，五尺之冰千古无。

珊瑚树死日色薄，老翁破冻叉僵鱼。

凤凰不出鸲鹆③语，秃鹙④飞啼血如雨。

驼马交驰入不已，兜鍪⑤不惮⑥饥寒苦。

豺狼⑦夹道狐兔⑧骄，白草⑨百里蛮烟⑩焦。

纷纷赤子在庖炙⑪，三士何缘争二桃⑫？

君不见江南古客颇痴懒，养得一双青白眼⑬。

注释

①河伯：古代神话中管理黄河的水神，原名冯夷，也作"冰夷"。②三足鳖（biē）：古代神话中的妖怪。③鸲鹆（qú yù）：鸟名，俗名为八哥。④秃鹙（qiū）：水鸟名，也作"秃秋"，喜食蛇。⑤兜鍪（móu）：古时战士戴的头盔。⑥惮（dàn）：畏惧。⑦豺狼：比喻恶人。⑧狐兔：比喻小人。⑨白草：牧草，这里代指边关。⑩蛮烟：指南方的少数民族地区山林里的瘴气。⑪庖炙（páo zhì）：指烧烤的肉。⑫三士何缘争二桃：典故出自《晏子春秋·内篇谏下·第二十四》，指春秋时齐景公帐下有公孙接、田开疆、古冶子三员大将恃功而骄，晏子用两个桃子设计让他们自相残杀。⑬青白眼：青眼表示对人喜爱或尊重，白眼表示对人轻

视或憎恶。典出《晋书·阮籍传》，阮籍母亲去世，虽然为吊唁而来但庸俗的嵇喜被阮籍用白眼待之，高雅的嵇康则被用青眼待之。

译文

　　昨日寒风大作吹断了枯木，今日五更时已霜浓如雪。连河伯和泉仙都会惊讶，深潭中的三足鳖也被冻死了。结了冰的南海可以行驶车辆，五尺厚的冰简直千古未见。海中的珊瑚树被冻死，日月都已无光，白发老人砸开冰叉冻死的鱼。凤凰深藏不出，八哥哀叫，秃鹫找不到蛇果腹，啼泪如血。驼马惶惶奔走无法归家，只有士兵不害怕这饥寒之苦。因为恶人当道，导致边关的牧草疯长、蛮夷之地的毒瘴蔓延。而城中的贵族公子们却在烤肉，争名夺利的士子们在为二桃相杀。而江南痴懒的我，唯有用一双青白眼冷冷地看着这一切。

赏析

　　这首诗描述酷寒中各个阶层人们的生活，对百姓的贫寒、士兵的艰苦表达了深深的同情，也对不知民间疾苦只顾行乐的贵族阶层予以讥讽。然而，满腔愤慨的诗人并没有用激昂的笔法来抒发这些感情，而是着重渲染大雪后自然界的种种景象，从侧面衬托出底层人民的苦。至于贵族阶层的冷酷和自己的感受，诗人虽只在最后四句简单表述，却达到了言浅意深的效果。

　　除了以景衬情外，本诗还运用了对比、以反写正等手法，如河伯泉仙都惊讶了，贵族公子们还无动于衷地烤肉，士子们还在争名夺利，对比之下，高下立显；"兜鍪不惮饥寒苦"，看似是对士兵不惧苦寒、艰苦卫国的赞扬，其实正写出了士兵的惨况；而结句的"青白眼"，淡中有浓，它是诗人的冷看世情，也是诗人激愤到极致的表现，是"痴懒"，更是无可奈何。

画中诗，诗里画

　　诗中有画，画里藏诗。考眼力的时候到了，你能根据提示的关键字，写出藏在图画里面的三联古诗词吗？

寺

落

闲

诗词拾趣

迢迢

P2

B

P4

句1：举杯邀明月

句2：对影成三人

P11

1.异客 佳节

2.生死 忘

3.尺素 何处

4.酒 相亲

P15

句1：无可奈何花落去

句2：似曾相识燕归来

悠悠

P23

句1：暗香浮动月黄昏

P26

1.窈窕

2.梅 独自

3.金风 人间

4.长久 共

P39

1.草 枯荣

2.早莺 新燕

3.江花 蓝

4.水中 瑟瑟

P44

句1：自在飞花轻似梦

句2：无边丝雨细如愁

青青

P52

A

P55

句1：大漠孤烟直

句2：长河落日圆

P62

D

萧 萧

P71

C

P76

1. 十千　咸阳

2. 美酒　琵琶

3. 汉　长征

4. 金甲　楼兰

P81

句 1：月上柳梢头

句 2：人约黄昏后

P93

1. 情　相许

2. 无情　长

3. 亡国　后庭

4. 愁　春水

纷 纷

P98

句 1：山随平野尽

句 2：江入大荒流

P105

B

画中诗，诗里画

P68

日：接天莲叶无穷碧，
　　映日荷花别样红。

莲：采莲南塘秋，
　　莲花过人头。

逢：正是江南好风景，
　　落花时节又逢君。

P116

寺：南朝四百八十寺，
　　多少楼台烟雨中。

落：夜来风雨声，
　　花落知多少。

闲：有约不来过夜半，
　　闲敲棋子落灯花。

选题策划：陈丽辉

文稿整理：木 梓 张丽莹
　　　　　高 美 林文超
　　　　　吴 峰 袁子峰
　　　　　邓 婧 李旻璇

特约编辑：卢雅凝

版式设计：段 瑶

排版制作：苟雪梅

封面绘制：厚 闲

插图绘制：深圳画意文化